Robert Schneider

Der Papst und das Mädchen

Robert Schneider
Der Papst und das Mädchen

Mit Illustrationen von
Helga Genser

RECLAM
LEIPZIG

Besuchen Sie uns im Internet
www.reclam.de

2. Auflage, 2001
Autorenfoto: privat
Satz: Reclam Verlag Leipzig
Gesetzt aus Stempel-Garamond
Druck und Bindung: Offizin Andersen Nexö, Leipzig
Printed in Germany
ISBN 3-379-00781-1

Stephanie mit auf den Weg

Der Vater oder wie alles anfing

Ein nebliger Dezembertag kroch in die Ewige Stadt, in der nichts ewiger währt als das Verkehrschaos an der Piazza Venezia oder die Baustelle der städtischen Straßenmeisterei. Abertausende von Lichtern rannen in gallertiger Zähigkeit stadtein- und stadtauswärts. Es war ein ohrenbetäubendes Durcheinander von Motorengetöse, Hupenalarm und Reifenquietschen, kurz: ein römischer Morgen.

Irgendwo in einem der zahllosen Betonsilos der Borgata Tor Marancia, dem gewiss hässlichsten aller Vororte Roms, knallte die Schlafzimmertür. Dann noch einmal.

»Lass das!«, rief eine dunkle Frauenstimme. Gleich darauf krachte es wieder. Diesmal so heftig, dass die Wände zitterten, Elvis aus dem Bücherregal heraussprang und entzweibrach.

»Loredana, jetzt reicht's!«, schrie die Frau, die im engen, doch hübsch möblierten Wohnzimmer

Frühstück zubereitete. Sie war eine rothaarige, zierliche Mittdreißigerin mit großen, runden Augen in einem verhärmten, aber gerade dadurch nicht unansprechenden Gesicht. Eine Frau, der man das Leben ansah und das, was es einem im Laufe der Jahre an Ungerechtigkeiten bereitzuhalten wusste. Eine Frau, die hinter Komplimenten Absichten witterte und sich beim Beschenktwerden wertlos vorkam. Eine durchaus nicht ungewöhnliche Person also.

Loretta stürmte ins Kinderzimmer und sprach mit äußerster Beherrschung: »Ich hasse es, wenn du die Tür zuschlägst! Schau, was du angerichtet hast!« Sie hielt ihrer neunjährigen Tochter ein Ohr des King of Rock 'n' Roll unter die Nase.

»Er hat sich mit mei-iii-ner Zahnbürste die Zähne geputzt!«, empörte sich die Kleine. Ihre blauen Mandelaugen sprühten vor Wut.

»Wird nicht mehr vorkommen. Okay?«

»Außerdem vergisst er zu spülen, wenn er Lulu macht.«

»Mein Gott, ist dir das noch nie passiert?«

»Er redet so viel.«

»Fräulein Loredana Felice! Sie haben uns nicht etwa belauscht?«

»Mein Papa wird er bestimmt nicht.«
»Du musst ihm ja nicht gleich um den Hals fallen. Es reicht, wenn du ihn respektierst. Man soll jedem Menschen eine Chance geben.«
»Er hat sie gehabt.«
»Sei nicht so voreingenommen. Du kennst ihn ja noch gar nicht.«
»Mein Papa wird er nicht! Brauchst du es schriftlich?«, sagte das Mädchen trotzig, verschränkte die Arme und senkte den ungekämmten, pechschwarzen Kopf.
»Loredana«, entgegnete Loretta resigniert, »lass uns nicht wieder mit dieser Diskussion anfangen! Ich verlang doch nur, dass du ihm eine Chance gibst. Mir zuliebe.«
»Mmm!«, bockte Loredana und stampfte mit dem Fuß.
»Bist ein Schatz! Und jetzt bring das Bett in Ordnung und pack deine Schulsachen. Und zieh den warmen Pullover an. Den blauen. Du weißt schon. Nein, keine Widerrede. Hast du den Schulausflug vergessen? Ihr fahrt heute in den Petersdom.«
Während die Mutter das sagte, klingelte es drei Mal kurz, lang und wieder kurz an der Wohnungstür.
»Blamier mich nicht. Okay?«, flüsterte Loretta,

gab ihrer Tochter einen Kuss auf die Stirn, flitzte ins Badezimmer, zog die Lippen nach, trat an die Wohnungstür, schoss zurück ins Badezimmer, betätigte die Spülung und öffnete endlich die Tür.
»Frische Brötchen!«, erschallte im Flur eine tiefe Männerstimme. »SOS. Das ist ab heute mein Zeichen. Hältst du bitte mal die Tüte? Will mir nur rasch die Schuhe … Eben hatte ich eine seltsame Eingebung. Weißt du, woran du mich erinnerst? Du erinnerst mich daran, daß ich einmal ein kleiner Junge gewesen bin. Fünfzig musste Nilo Fanelli werden, um sich daran zu erinnern, dass er einmal ein Kind war.«
»O Mann, der hat wohl zu heiß geduscht«, zischte Loredana, die bei angelehnter Tür den Wortkaskaden des Fremden lauschte.
Ein hochgewachsener Mann, glattes, grau meliertes Haar, runde Nickelbrille auf einer kurzen Nase, betrat das Wohnzimmer. Loredana erspähte, wie er der Mutter zärtlich durchs Haar strich und ihr zu allem Überfluss auch noch einen saftigen Kuss auf die Stirn drückte.
»Pass auf, dass du nicht in die Scherben trittst!«, sagte Loretta, indem sie die Tischkerzen anzündete.

Der Neue lächelte und schickte sich an, das, was von Elvis übrig geblieben war, aufzusammeln.
»Ich mach das schon. Lass uns zuerst frühstücken. Die Kleine muss zum Bus.«
Der Mann gehorchte aufs Wort und setzte sich an den Tisch. Als Loredana sah, wie folgsam sich der Neue verhielt, beschloss sie, ihm noch eine Chance zu geben. Sicher ein Klacks, ihn rumzukriegen, und es hätte den Vorteil, dass man das Zimmer nicht mehr aufzuräumen bräuchte. Beim Vorigen hatte es auch geklappt.
»Loredana, komm frühstücken!«, rief die Mutter und warf dem Mann einen verliebten Blick zu.
Prinzessin geruhten trotzig, sich bitten zu lassen. Als aber das Bitten verstummte, hielt es Loredana nicht mehr länger im Zimmer aus, schlurfte ins Wohnzimmer und setzte sich wortlos zu Tisch.
»Schätzchen, das ist Nilo Fanelli. Nilo, das ist meine Tochter Loredana.«
»Es ist mir eine große Ehre, dich kennen zu lernen«, sprach Nilo feierlich und streckte dem Mädchen die Hand entgegen.
»Schon gut«, erwiderte Loredana kühl. »Mami, wo sind meine Cornflakes?«
Nilo zog seine Hand enttäuscht zurück.

»Willst du dem Mann nicht die Hand geben?«, fragte die Mutter und sah ihr Kind dabei sehr durchdringend an.
»Wenn davon euer Glück abhängt?«
Loredana gab ihm einen kurzen Händedruck, erhob sich, nahm den Stuhl, stellte ihn an die Schrankwand und fischte auf den Zehenspitzen die Cornflakes-Packung aus dem Regal. Als sie wieder an den Tisch zurückkehrte, entstand ein zähes Schweigen. Es behagte ihr. Andererseits bekam sie Gewissensbisse wegen Loretta. Irgendwie hatte sie eingewilligt, ihm eine Chance zu geben. Nilo ergriff schließlich das Wort.
»Ich sehe, dass du mich nicht leiden kannst«, sagte er rundheraus. Er machte eine lange Pause und blickte das Kind unverwandt an. »Was tut man, wenn man jemanden nicht mag? Man dreht ihm den Rücken zu. Genau, wie du es gerade getan hast. Dabei würde ich mich gerne mit dir unterhalten.«
Er nahm einen kräftigen Schluck aus seiner Tasse, wischte sich den Mund mit der Serviette, blickte seiner Geliebten etwas verunsichert in die Augen, wandte den Blick ab und betrachtete wieder das Mädchen, wie es hastig in sich hineinschlang. Dann sprach er mit sanfter, aber ernster Stimme.

»Versetz dich mal in meine Lage. Wie würdest du reagieren? Wahrscheinlich wärst du sehr gekränkt. Ich bin gekränkt. Weil du mich schlecht behandelst. Welche Möglichkeiten habe ich? Sicher, ich könnte natürlich versuchen, dir eine Show vorzuspielen. Ich könnte auf netten Kumpel machen. Könnte anfangen, dich so nach und nach mit Geschenken zu überhäufen, mit Aufmerksamkeiten. Könnte dich ins Kino ausführen, in den Zoo ... was du möchtest, was immer dein Herz begehrt. Das alles tut man, wenn man sich einschleichen muss, weil man die Zuneigung des andern freiwillig nicht kriegt. Glaub mir, Loredana, ich kann das. Alle Erwachsenen können das. Und die meisten tun es auch. Es funktioniert blendend. Bloß bei einer Sache funktioniert es eben nicht. In der Liebe. Als du vorhin aus deinem Zimmer gekommen bist und ich dein kluges Gesicht gesehen habe und die wachen Augen, wusste ich, dass man dir nichts vormachen kann. Sofort hättest du durchschaut, was es mit den zuckersüßen Komplimenten auf sich hat. Ach, er tut es ja bloß wegen Mama, würdest du denken. Und du hättest vollkommen Recht damit.«

An dieser Stelle machte er wieder eine lange Pause

und belegte seelenruhig ein Brot. Dann biss er hinein und kaute mit großem Appetit. Loredana folgte mit verstohlenem Blick all seinen Bewegungen. Nichts entging ihr, während Loretta wie angewachsen dasaß, ihren Geliebten anstarrte und das Frühstück nicht einmal anrührte.

»Es gibt aber noch eine andere Möglichkeit, Loredana. Und um die zu sehen, musste ich fünfzig Jahre alt werden. Ich muss nämlich gar nicht dein Freund sein, und schon gar nicht dein Vater. Wenn mich deine Mutter wirklich liebt, wird sie die Größe haben zu respektieren, dass Loredana Felice und Nilo Fanelli nicht miteinander können. Vielleicht nie miteinander können. Das wird sehr wehtun. Aber es ist weniger übel, als dich und mich und uns alle zu belügen. Es liegt jetzt an uns beiden, ob wir einen Weg finden, uns gegenseitig zu achten und vielleicht sogar einmal zu schätzen. Genauer gesagt: Es liegt an dir.«

Er schwieg. Seine Hände zitterten, als er die feingliedrige Brille vom Gesicht nahm, um sie an der Serviette zu putzen. Es war kein starkes Zittern, aber Loretta bemerkte es sofort. Sie war irgendwie noch immer nicht in der Lage, ein Wort zu sagen, geschweige einen Bissen herunterzuschlucken.

Es wurde hell, obwohl der Himmel nichts als eine neblige, schiefergraue Wand war. Nilo setzte die Brille wieder auf und ließ den Blick durchs Wohnzimmer wandern. Es war ihm unbegreiflich, wie man so einen kleinen Raum – Wohnzimmer und Küche in einem – mit so viel Raffinesse einrichten konnte. Alles atmete Loretta. Jeder Bilderrahmen, jeder Lampenschirm erzählte von ihr. Und die Idee mit dem fahrbaren Herd, der sich in der Anrichte verstauen ließ. Genial. Bloß der Verkehrslärm störte die Idylle, und Nilo wunderte sich, wie deutlich man den Lärm noch im neunten Stock vernehmen konnte.

Loredana hatte die ganze Zeit sehr gefasst zugehört. Je eindringlicher der Mann redete, desto dringlicher war der Wunsch geworden, so schnell wie möglich abzuhauen. Bloß weg, dachte sie.

»Dein Bus geht ja um halb!«, erschrak die Mutter.

Das war die Erlösung. Loredana schoss vom Stuhl hoch, rannte in ihr Zimmer, kam mit der Schultasche und wollte schon so, wie sie war, zur Tür hinaus. Loretta erwischte sie grad noch bei der Schulter.

»Willst du heute Abend mit Fieber im Bett liegen?

Und gekämmt hast du dich auch nicht. So viel Zeit haben wir noch. Hier deine Jause!«
Widerwillig tat Loredana, worum sie gebeten worden war, frisierte sich und schlüpfte in den Mantel. Den Schal band sie aber ohne Mutters Hilfe. Tapfer ertrug sie ihre Abschiedsküsserei. Nilo öffnete die Tür.
»Einen schönen Tag wünsche ich noch«, sagte er zart, »und wenn dir zufällig der Papst über den Weg läuft, grüß ihn von mir und sag ihm, Nilo Fanelli möchte einmal mit dem Papamobil fahren.« Er lächelte spitzbübisch.
Das Kind blickte ihm in die Augen. Eine Sekunde lang. Es reizte ihn, Loredana mit dem Finger über die Stupsnase zu streichen. Er beherrschte sich. Loredana nickte ihm zu und verschwand im Lift.
Als er ins Wohnzimmer zurückkehrte, bemerkte er an Loretta eine Veränderung. Er trat zu ihr hin. Sie kniete am Boden und sammelte Elvis auf. Verschämt wandte sie den Kopf von Nilo ab. Ihm fing das Herz plötzlich zu klopfen an. Er beugte sich über sie, nahm ihren Kopf in beide Hände und betrachtete das Gesicht, das er so sehr mochte. Da musste Loretta erst recht losheulen.
Aus Ratlosigkeit, denn sie wusste, wie sehr sie

schon in ihn verliebt war, brachte sie nur diesen Satz heraus: »Ich fürchte, wir werden dir eine Zahnbürste kaufen müssen.«

Der 24er hatte Verspätung. Das war schlecht. Obwohl Loredana bei der Plakatwand schräg gegenüber der Haltestelle wartete und sich hinter einem dicken Herrn mit Christbäumchen verstecken konnte, wurde sie schließlich doch entdeckt.

»Da bist du ja! Und ich dachte, die Felice schwänzt heute bestimmt.«

Ein Mädchen in Jeans und giftgrüner Lederjacke, die von Buttons übersät war, stand vor Loredana und grinste ihr ins Gesicht. Es war die Hasenrosa.

Sie wohnte im selben Block und war schon zweimal sitzen geblieben. Der Zufall wollte es, dass sie in Loredanas Klasse versetzt wurde. Die Hasenrosa war dünn wie ein Zahnstocher. Sie hatte seidiges Haar, das nach Zigaretten roch, und einen Makel. Ihre Oberlippe war gespalten. Ein paar Jungs aus den höheren Klassen fingen damit an, sie ›Hasenrosa‹ zu rufen. Bald nannte sie jeder so. In Wirklichkeit hieß sie Rosita. Ein schöner Name. Aber der Spitzname gefiel ihr persönlich besser. Ihr machte das nichts aus.

»Weshalb sollte ich schwänzen?«, fragte Loredana lustlos.

»Na ja. Wegen des blöden Ausflugs mit der Corradi. Sag bloß, du findest sie plötzlich nett, die doofe Bettante!«

»Man muss jedem Menschen eine Chance geben.«

»Du, die hat Ettore schon wieder angezeigt!«

»Was bedeutet ›anzeigen‹?«

»Das ist, wenn dich jemand verpetzt. Auf einmal standen zwei Typen in der Wohnung. Mit Anzug und so. Aus mir haben die kein Wort rausbekommen. Da konnten die lange fragen. Ich war cool wie Kevin Costner. Ettore hat ihnen ordentlich eingeheizt. Schlappschwänze seien es, die von den

Steuern leben oder so. Ihm müsse keiner was über Erziehung sagen. Da kennt er sich selber aus. Mama hat natürlich nur rumgeschrien. Wie immer.«

»Was wollten die Typen von dir?«

»Das Übliche. Mich über Ettore ausquetschen. Logo. Aber ich und Papa halten zusammen.«

Sie nahm eine Zigarettenschachtel aus der Seitentasche und tappte mit der anderen Hand nach dem Feuerzeug. Ein kleiner Flakon kam zum Vorschein. Sie ließ ihn gleich verschwinden. Es war ihr irgendwie peinlich.

»Mist. Ich hol mir rasch Feuer.«

Loredana nickte und beobachtete, wie die Hasenrosa sich von einem Mann mit Regenschirm Feuer geben ließ. Dabei überlegte sie, weshalb sie die Hasenrosa eigentlich nicht leiden mochte. Sie war doch ein lieber Kerl. Man konnte alles von ihr haben. Manchmal kam sie am Morgen geschminkt zur Schule und duftete süß. Das Schlimmste war, dass sie auf einmal grundlos zu heulen anfangen konnte. Einfach so. Wenn man sie fragte: Was ist passiert?, glotzte sie einen stumm an. Eigenartig war die Hasenrosa.

Der Bus fuhr heran. Die Hasenrosa fluchte laut, nahm ein paar heftige Züge, sogar noch beim Ein-

steigen. Erst in der Tür schnippte sie die Zigarette mit zwei Fingern über die Köpfe der Einsteigenden hinweg ins Freie.
»Hat mir Ettore beigebracht. Cool, was?«
Die Mädchen ergatterten sich einen Platz ganz hinten. Es war wie immer um diese Zeit sehr eng im 24er, aber an der Piazza Elio Rufino würde es bestimmt noch enger werden. Die Hasenrosa stopfte sich einen Kaugummi in den Mund, streckte ihre Glieder und gähnte laut.
»Mir tut heute der Busen weh. Er spannt richtig.«
»Du hast doch noch gar keinen Busen!«
»Klar hab ich Busen!«
»Du lügst!«
»Was wetten wir? Kannst ihn sehen, wenn wir in der Schule sind.«
»Du lügst.«
»Traust dich nicht, wetten?«
»Klar trau ich mich.«
»Ein Pistazieneis?«
»Zwei Kugeln.«
Sie schlugen in die Wette ein. Die Hasenrosa strahlte übers ganze Gesicht und fing ein Lied zu summen an. Etwas Englisches, zum Angeben.

»Warst du schon mal im Petersdom?«, fragte Loredana nach einer Weile.
»Ich doch nicht. Du?«
»Auch nicht.«
»Ettore hat gesagt, das sei die überflüssigste Kirche auf der Welt. Es ist nämlich so: Der Papst ist schon ziemlich alt und vertrottelt. Seine Priester sind auch alt und vertrottelt. Die meisten sind … du weißt schon, vom andern Ufer und so. Alle leben sie von den Steuern und fressen uns die Butter vom Brot. Wenn du meine Meinung hören willst: Du kannst von Glück sagen, dass es im Supermarkt überhaupt noch Butter zu kaufen gibt.«
»Echt?«
»Ettore weiß alles. Er kann mich auf einem Arm zwei Minuten lang hochstemmen.«
»Ich hab jetzt auch einen Papa.«
»Seit wann denn?«
»Wollte es dir nur gesagt haben.«
»Ist er wieder zurückgekommen?«
»Nicht direkt.«
»Was heißt nicht direkt?«
»Er ist neu.«
»Deine Mutter hat einen Lover? Mach's nicht so spannend!«

»Er heißt Nilo Fanelli.«
»Hat er wenigstens ein Kondom benutzt?«
»Was ist ein Kondom?«
»Kind, wann wirst du endlich erwachsen?«
»Sag schon!«
»Das ist zum Schutz der Welt. Aber nur für die Männer. Warum glotzt du mich so an? Ist doch logo. Oh, Felice! Du musst noch viel lernen. Das hast du schriftlich von mir. Und? Wie sieht er aus, dein neuer Daddy?«
»Ich finde ihn sehr sympathisch.«
»Wie er aussieht, Mann!«
»Attraktiv, muss man sagen.«
»Wie lange kennt ihr euch schon?«
»Ach, weißt du … eigentlich eine Ewigkeit. Ich muss ihn nur noch rumkriegen, damit er mein Zimmer aufräumt.«
»Du hast Sorgen.«
»Aber behalt's für dich.«
»Er weiß es also gar nicht.«
»Was?«
»Dass er dein Papa ist.«
»Klar weiß er das. Du bist doof.«
»Wenn du mich fragst: Du hast gar keinen Vater.«

»Deinen Papa seh ich auch nie. Hat er dich jemals von der Schule abgeholt?«

»Ettore geht nicht unter die Leute. Das ist ihm zu blöd. Von den Leuten kann man nichts lernen. Er liest die Zeitung und schaut sich die Nachrichten an. Dann weiß er alles, und es steht ihm bis hier. Er geht nur hinaus, um Tauben zu schießen.«

»Überhäuft er dich mit Geschenken? Kauft er dir, was dein Herz begehrt?«

»Ich sehe, du bist ein hoffnungsloser Fall. Jetzt pass einmal genau auf: Was hab ich – Momentchen – da in meiner Hand?«

»Ein Parfüm.«

»Logo, ein Parfüm. Was sonst? Aber was steht drauf? Lies laut!«

»Für meine Lolita. Unser Duft.«

»Noch Fragen?«

Zu der bezüglich der Oberweite geplanten Beweisführung kam es nicht. Weil der Bus verspätet in der Viale Marco Polo angekommen war, musste man sich beeilen. Die Mädchen schlüpften halbwegs in die Hausschuhe, stürmten die große Treppe hinauf und hinein ins Klassenzimmer.
Die Lehrerin hatte soeben das Morgengebet beendet. Die Kinder standen noch. Loredana und die Hasenrosa schlichen an ihre Plätze. Jemand murmelte: »Die sieht wieder nuttig aus!« Es war die Stimme eines Jungen. Er hieß Grillo. Die beiden Mädchen nahmen Haltung an und machten andächtige Gesichter. Fräulein Corradi tat, als hätte sie weder die Zu-spät-Kommenden bemerkt noch die taktlosen Worte des Jungen.
»Ihr könnt euch setzen, meine kleinen Freunde«, sagte sie und lächelte vornehm.
»Sie ist gut drauf«, tuschelte die Hasenrosa Loredana ins Ohr.

Sie lag nicht falsch mit dieser Annahme. Wenn die Lehrerin »Meine kleinen Freunde« sagte, anstatt einfach nur »Setzen!«, wusste man, daß der Vormittag sehr angenehm verlaufen würde.
Fräulein Corradi verschränkte die Arme auf dem Rücken und ging ein paar Schritte. Sie wartete, bis es ganz ruhig geworden war. Es gab natürlich immer einen Dummkopf, der das ausnutzte und genau im stillsten Augenblick einen fahren ließ oder sonstwie ein lustiges Geräusch von sich gab. Dann musste die Corradi wieder von vorn anfangen und die Stille von neuem aufbauen. Heute blieb es mucksmäuschenstill.
»Meine kleinen Freunde. Dies ist ein großer Tag. Ein Tag, den ihr nie mehr im Leben vergessen werdet. Unser Herr Direktor hat mir freundlicherweise die Erlaubnis gegeben, mit euch den Petersdom zu besuchen. War schon mal jemand im Petersdom?«
Keiner zeigte auf.
»Niemand?«, fragte sie ungläubig, und die Enttäuschung, die ihr Gesicht überschattete, war gewaltig.
»Doch, ich!«, piepste es aus der ersten Reihe, und zwar aus jener Bank, in der wie überall auf der Welt die strebsamen Kinder zu sitzen pflegen.

»Sagst du das, weil du wirklich dort warst, Teresa, oder weil du mir eine Freude machen willst?«

»Ich war bestimmt dort!«, entgegnete das Mädchen kräftiger. Es trug eine altmodische Haarschleife.

»Weißt du, es gibt viele Kirchen in Rom. Sehr viele sogar. So viele Kirchen … ja, ich möchte sagen wie Sterne am Himmelszelt.«

»Ich glaub, ich war im Petersdom, Fräulein Lehrerin.«

»Und? Hat er dir gefallen? Wie sieht es dort aus?«

»Also … er ist sehr groß. Man ist allein, und es ist auch sehr dunkel.«

»Was gibt es da zu lachen?«, fragte die Lehrerin und nahm dabei ein ganz besonderes Früchtchen ins Visier.

Das verstummte denn auch gleich, obwohl es Mühe hatte, sich das Lachen zu verkneifen.

»Natürlich. Grillo Azzetti, du ungewaschenes Gesicht! Immer nur grinsen und dagegen sein!«, sagte die Lehrerin mit metallischer Stimme.

Das war typisch für die Corradi. So weich und anschmiegsam ihre Stimme einerseits war, so hart und kalt konnte sie im nächsten Moment erklingen. Doch es dauerte nicht lange, bis die Stimme wieder in den kirchlichen Kammerton zurückgefunden hatte. Das geschah mittels eines die Kinder völlig überfordernden Vortrags zur Baugeschichte des Vatikans.

Die berühmteste Kirche der Christenheit fußte, Corradis Meinung nach, auf dem Bösen, und zwar auf den Grundmauern von Kaiser Neros Zirkus. Dort wurde das Grab des Apostels Petrus entdeckt, der ja bekanntlich in Rom – sie ließ besagten Grillo Azzetti nicht mehr aus den Augen – ein furchtbares, ein grausames, ein bestialisches Martyrium erlitten hatte.

Es folgten Daten, Zahlen und Namen, die meisten höchst fraglich, weil ungesichert. Dann ging es darum, wer wann, wo, aus welchem Grund und überhaupt am Petersdom herumgebaut hatte. Nach etwa einer halben Stunde war es der Corradi gelungen, Sankt Peter so weit zu errichten, dass der unsterbliche Bernini endlich beginnen konnte, den Vorplatz zu gestalten. Aber nicht irgendwie, o nein!

»Viele Päpste versalzen den Brei!«, sagte sie und lächelte verschmitzt.

Der Bernini machte also den Platz 340,4 m lang und 240,7 m breit. Dazu kamen noch vierfache,

halbkreisförmige Kolonien von insgesamt 284 Säulen, 88 Pfeilern und 140 Heiligenfiguren.
Den Kindern rauchten die Köpfe. Viele hatten sich, was die Konzentration anlangte, bereits in der konstantinischen Epoche verabschiedet. Die Hartnäckigen spätestens bei Michelangelo. Sogar das Mädchen mit der Haarschleife musste einmal fürchterlich gähnen, als es um die beiden 14,5 m hohen Brunnen ging, von denen der rechte vermutlich im Jahr 1613, der linke höchstwahrscheinlich im Jahr 1677 errichtet worden war. Die Schultafel glich einem Schlachtfeld, das übersät war von den Namen unzähliger Baumeister und Päpste.
Das Fräulein Corradi brachte zwar keineswegs die Namen, Fakten und Zahlen durcheinander, aber ihr Publikum musste sie irgendwie verwechselt haben und den Ort für ihre Vorlesung auch. Sie hätte

merken müssen – spätestens als sich ein Papierflieger in ihrem Haar verfing –, dass sich die Klasse in einen Bienenstock verwandelt hatte. Sie merkte es nicht, genauer, sie wollte es nicht merken. Dass die Kinder sie wie Luft behandelten, steigerte ihren Leidensdruck ins Unermessliche und erinnerte sie gewissermaßen an den Schmerz ihres Lebens, an die unerfüllte Sehnsucht, eine berühmte Künstlerin zu sein. Diesen Schmerz brauchte die Lehrerin gelegentlich, wenigstens die Erinnerung daran.

Joan Corradi, ihr Vorname verrät es, war Amerikanerin und stammte aus Atlantic City, einer Mördergrube, einer Spielhölle, wie sie sich auszudrücken pflegte. Früh war in der kleinen Joan der Wille erwacht, die Welt mit eigenen Händen zu gestalten. Sie aquarellierte den Meeresstrand vor dem väterlichen Haus bei jeder Witterung, wohl zighundert Mal. Ein anderes Sujet wollte ihr nicht behagen. Moderne Kunst flößte ihr Angst ein, obwohl die Eltern danach trachteten, ihr diese Angst zu nehmen. Sie rieten ihr zwecks Vervollkommnung ihrer Begabung, es einmal mit Hunde- oder Katzenporträts zu versuchen. Joan blieb eine Meeresmalerin, selbst noch in der High School. Dort kam sie mit Michelangelo in Berührung, in dessen

Kunst sie sich unsterblich verliebte. Gleichzeitig jedoch fühlte sie ein anderes Talent in sich schlummern. Sie war auch eine vorzügliche Rechnerin, ja entwickelte beinahe ein erotisches Verhältnis zu Zahlen. Das zeigte sich nicht erst auf der Schule. Diese Leidenschaft wuchs von Jahr zu Jahr an.
Es geschah, dass die Eltern bei einem Schwimmunfall ums Leben kamen. Das Vermögen, das sie ihr hinterlassen hatten – abzüglich der Schulden –, reichte nicht aus, sich vollends der Kunst hinzugeben. Joan beschloss deshalb, es zunächst anzulegen, um sich dann später ganz als Künstlerin ausleben zu können. Sie verlor und gewann und verlor wieder. Jedenfalls verstrichen die Jahre. Sie lebte in äußerster Sparsamkeit. Für ihre beste Freundin war sie der größte Geizkragen seit Rockefeller.
Manchmal, wenn Joan nicht einschlafen konnte, weil der Dollar im Keller war oder bei Vollmond, tauchte wieder der alte Mädchentraum auf. Malen, malen, ach ja! Aber die Liebe zur Kunst und die ebenso innige Zuneigung zu den Zahlen – oder war es vielmehr die Angst vor beidem? – ließen sich nicht miteinander vereinbaren. Es waren qualvolle Stunden. Grausame Momente. Diese lähmende Angst vor der plötzlichen Verarmung. Außerdem

durfte man sich mit fünfundvierzig Jahren auch nicht mehr taufrisch nennen.
Doch eines schönen Vormittags, als sich der Dollar halbwegs erholt hatte, betrat sie ein Reisebüro und kaufte ein Flugticket nach Rom. Sie stand vor Michelangelos Pietà und weinte, wie sie noch nie in ihrem Leben geweint hatte. Das nutzte ein Sampietrini - so nennt man die Domputzmänner im Vatikan – schamlos aus. Er nahm Joan zu seiner Frau. Nicht lange, und er hatte ihr hübsches Vermögen verjubelt. Verspielt in der Spielbank. Es kam zur Scheidung. Nach Amerika zurück wollte sie nicht mehr, darum blieb nichts anderes übrig, als die Existenz von neuem aufzubauen. Sie absolvierte ein Studium und landete schließlich als Lehrerin in einem der hässlichsten Vororte Roms.
Man hielt sie für ausgesprochen religiös, und niemand wäre auf die Idee gekommen, dass sie einmal verheiratet gewesen war. In Wahrheit hatte sie den Glauben an Gott schon lange verloren. Gott war für sie die Kunst, abzüglich der modernen, versteht sich. Was jedoch weit schlimmer wog: Joan Corradi glaubte auch nicht mehr an die Zahlen, obwohl sie in fast absurder Ängstlichkeit noch an ihnen festhielt.

»Frau Corradi, der Bus, den Sie bestellt haben, ist da!«, rief der Schuldiener schon zum dritten Mal. Man konnte sein eigenes Wort nicht verstehen, so laut waren die Kinder. Erst als der Schuldiener die Lehrerin am Arm berührte, erwachte sie wie aus einer Hypnose. Sie blickte den Mann verdutzt an und vernahm gleichzeitig ein stimmbrüchiges: »Du, ich glaub, die Alte ist total bekifft!«
Oh, die Stimme kannte sie nur zu gut! Die Lehrerin wandte sich pfeilschnell um.
»Grillo! Dafür sollte ich dir den Hintern versohlen!«

Wer glaubte, dass die Fahrt in die Vatikan-Stadt gemütlich verlaufen würde, täuschte sich. Was die Lehrerin bisher an Kunst- und Kirchengeschichtlichem doziert hatte, diente erst zur Einstimmung. Sie hatte sich sozusagen gerade erst eingesungen. Sofort griff sie nach dem Busmikrofon.
»Grillo, du setzt dich hierher, damit ich dich sehen kann!«, knarzte es aus dem Lautsprecher.

Doch im selben Moment fuhr der Bus mit Karacho an, und die Corradi fiel dem Mädchen mit der Haarschleife fast in den Schoß. Derweil Lehrerin und Busfahrer feindselige Blicke austauschten, konnte Grillo entwischen. Er wollte neben Loredana sitzen, oder wenigstens in ihrer Nähe. Das gelang ihm auch, weil er die Hasenrosa mit seinem Walkman bestechen konnte. Wortlos lümmelte er sich neben Loredana auf den Sitz. Die rollte die Augen, seufzte und drehte sich zum Fenster, wie es sich für eine Dame schickt, wenn unangemeldeter Herrenbesuch hereinschneit. Andererseits fühlte sie sich geschmeichelt, dass ausgerechnet der Grillo Azzetti ein Auge auf sie geworfen hatte.

Unterdessen war die Lehrerin bereits wieder in Namen und Zahlen verstrickt. Sie wühlte jetzt in den Grabmälern von Sankt Peter, begann mit dem Grab der Maria Sobieski, die 1735 gestorben und die Gemahlin des englischen Königs James III. gewesen war. Zum Sterben langweilig.

»Wenn du nicht mit mir reden willst, kann ich ja wieder gehen«, brummelte Grillo nach langem Stillsitzen.

»Von mir aus«, erwiderte Loredana und zuckte mit den Schultern.

»Eigentlich schade.« Er machte eine kunstvolle Pause, öffnete die Schultasche und zog ein arg zerfleddertes Buch heraus. Der struppige Kopf mit der spitzen Nase verschwand hinter den Buchdeckeln. Hie und da luchsten die nussbraunen Augen hervor und schielten nach Loredana.

»Was ist schade?«, fragte sie mit erwachter Neugierde.

»Schon erledigt«, antwortete Grillo und tat so, als sei er mit Lesen beschäftigt.

Loredanas Gesicht wurde trotzig. Sie wandte sich wieder zum Fenster und wischte ein Guckloch in die beschlagene Scheibe. Der Bus bog in den Corso Vittorio Emanuele II. ein, in die Straße, die direkt zur Via della Conciliazione führt, also zum Petersplatz. Im Lautsprecher war die Rede von einem Grabmal für einen Papst, der nur 27 Tage lang Papst gewesen war. Loredana zählte die entgegenkommenden Autos. Sie entschied sich für die Farbe Blau. Das hatte sie früher oft gemacht, auf den endlosen Fahrten nach Como in Norditalien, wo ihr Vater einmal in der Woche zu tun gehabt hatte. Aber es langweilte sie bald, und daher beschloss sie, ihrerseits einen Versuch zu riskieren, um mit Grillo ins Gespräch zu kommen.

»Was liest du da?«
»Kann ich bitte noch diesen Absatz zu Ende lesen?« Er brauchte lange für den Absatz. Dann schloss er das Buch, dass es nur so knallte, reichte es ihr hinüber und sagte: »Hab ich von meinem Vater zum Geburtstag bekommen. Es dient zur Komplettierung der allgemeinen Bildung.«
Loredana schaute ihn misstrauisch an, inspizierte das Buch, blätterte darin und betrachtete die Zeichnungen.
»Das ist nichts für Mädchen. Hochanspruchsvolle Materie«, sagte Grillo geschwollen.
»Abseits. Was bedeutet das?«
»Wenn ich dir das jetzt erklären müsste, würden wir noch um Mitternacht dasitzen.«
»Ist dein Vater nett?«
»Wie kommst'n darauf?«
»Nur so. Wie ist er?«
»Wer? Mein Alter? Hmm. Der ist schon in Ordnung. Er ist wieder trocken.«
»Trocken?«
»Paolino, den musst du kennen lernen! Der ist cool!«
»Paolino?«
»Das ist mein Bruder. Er hat schon den Führer-

schein. Wenn er gut aufgelegt ist, darf ich selber Auto fahren.«

»Angeber!«

Loredana vertiefte sich zum Schein in das Buch.

»Wenn du mir nicht glaubst, komm doch einfach mal mit! Am Freitag fahren wir, also er und ein paar Kumpels, auf die A 12 Richtung Flughafen. Falsche Richtung, verstehst du? Total cool. Verkehrsmäßig ist das die Hölle. Einmal haben uns die Bullen fast gehabt. Aber Paolino hat sie ausgebremst. Willst du? Ich kann mit Paolino reden.«

»Ich werde drüber schlafen. Okay?«

»Abgemacht. Übrigens. Ich bin grad frei geworden, falls es dich interessiert. Von mir aus können wir miteinander gehen.«

»Du gehst doch mit der Dorina Magrulli.«

»Das ist historisch. Weißt du, die Mieze war mir einfach zu verschnarcht. Gehen wir jetzt miteinander oder nicht?«

Grillo streckte ihr die Hand hin, und als ihm Loredana direkt in die Augen blickte, so voller Stolz, bekam er plötzlich Herzklopfen, ganz furchtbares Herzklopfen. Er mochte nämlich ihre blauen, mandelförmigen Augen schon lange. Und besonders mochte er die Sommersprossen auf ihrer Nase.

»Lässt du mich bitte noch diesen Absatz fertig lesen, Grillo Azzetti?«
Sie las ausführlich. Grillo kam es vor wie zwei Stunden lang nachsitzen. Dann schloss sie das Buch und drückte es ihm in die Hand, die er noch immer nach ihr ausstreckte.
»Einverstanden. Ab wann gehen wir miteinander?«
»Sag du.«
»Ab jetzt?«
»Ab jetzt.«
Sie reichten einander die Hände und machten High Five mit abschließendem Zeigefingerhakeln. Grillo wurde ganz rot im Gesicht, und er bemühte sich, mit einem Lächeln davon abzulenken.
»Weißt du, Fußball ist eigentlich ganz leicht. Wenn du willst, erklär ich dir Abseits.«
Er fing mit drei Spielsituationen gleichzeitig an, brachte aber keinen Satz zu Ende, sondern wirbelte die Begriffe Abstoß, Eckstoß und Einwurf durcheinander, begann wieder von vorn und wurde endlich erlöst, als Frau Corradi den Befehl zum Aussteigen erteilte. Man war angekommen.
Die Kinder verließen in gesitteter Weise den Bus,

wie es die Lehrerin verlangt hatte, und stellten sich in Zweierreihe auf. Es wurde abgezählt. Mit kleinen, aber festen Schritten und einer Joan Corradi, die schon eher schwebte als ging, näherte man sich Sankt Peter. Da kam die Hasenrosa auf eine Idee.

»Hast du echt Bock drauf, da reinzugehen?«, fragte sie Loredana, die neben Grillo im vorletzten Glied der Reihe marschierte.

»Weißt du was Besseres?«

»Logo!«, sagte die Hasenrosa, nahm den Kopfhörer ab und steckte sich eine Zigarette an.

»He, bist du bekloppt?«, entsetzte sich Grillo, als er das sah. »Wenn sie dich erwischt?«

»Dann hab ich ein Problem. Nicht wahr, Teresa? Na lauf schon, braves Mädchen! Verpetz mich ruhig!«

»Tu ich aber nicht!«, sagte die Kleine mit der Haarschleife. Sie durfte oder musste als Liebling der

Corradi das Schlusslicht machen und hatte aufzupassen, dass keines der Kinder verloren ging.
»Jetzt spitzt mal schön die Ohren!«, flüsterte die Hasenrosa, als sie gerade an einer Schar farbiger Ordensschwestern vorbeitrotteten. »Wir tun so, als ob wir hineingehen. Okay? Wenn die beiden vor uns in der Tür verschwunden sind, verduften wir. Schwupp!«
»Coole Idee!«, stimmte Grillo zu.
»Aber das merkt sie doch!«, wandte Loredana ein.
»Sag's ruhig noch lauter, damit's der Papst auch noch hört!«, fauchte die Hasenrosa.
»Und dann?«
»Dann spielen wir Räuber und Gendarm in den Kolonien.«
»Das heißt Kolonnaden«, berichtigte Teresa, die das Gespräch belauschte.
»Dich hat keiner gefragt.«
»Ich will aber auch mitspielen!«, wehrte sich Teresa.
»Du wirst höchstens für uns Schmiere stehen, wenn du überhaupt den Mumm dazu hast.«
»Nein, ich will Räuber und Gendarm spielen!«
»Lass sie doch mitmachen!«, beschwichtigte Grillo den aufkeimenden Streit.

»Du, die vermasselt uns alles.«
»Sie spielt mit. Basta.«
»Danke!«, jubelte Teresa, strahlte übers ganze Gesicht und lachte Grillo so charmant an, dass er rot wurde und Loredana eifersüchtig.
Die Kinder taten, wie es die Hasenrosa ausgeheckt hatte. Niemand beobachtete ihr Verschwinden. Zuerst verbargen sie sich eine Weile in der Vorhalle, und zwar in der Nähe der Heiligen Pforte, wo gerade eine Schulklasse höherer Töchter an den Lippen ihres Kunsterziehers hing. Als die Luft rein war und niemand nach den Kindern Ausschau hielt, stürmten sie hinunter zu den Säulen des Bernini. Dort wählten sie eine Säule aus, die heller war als die andern. Sie sollte ihnen als Ausgangs- und Endpunkt des Spiels dienen.
»Du fängst an. Laut und deutlich zählen. Wenn du schummelst, fliegst du raus!«, herrschte die Hasenrosa Teresa an.
»Ich schummle nicht, Ehrenwort!«
»Dann also los!«
Teresa wandte sich zur Säule, bedeckte ihre Augen mit beiden Händen und fing an zu zählen, während sich die andern in unterschiedlicher Richtung aus dem Staub machten. So vergnügten sie sich,

etwa eine halbe Stunde lang, und die Entfernungen zur Zielsäule wurden immer größer und die Verstecke immer waghalsiger. Es machte ihnen riesigen Spaß.

Als nun die Hasenrosa Gendarm war und mit dem Zählen anfing, verkrümelte sich Loredana dreist hinter der unmittelbar benachbarten Säule. Die Hasenrosa mogelte, dass der ganze Petersdom vor Scham hätte erröten mögen. Loredana wollte gerade ihr Versteck preisgeben und energisch Einspruch erheben, da beobachtete sie an ihrer Freundin etwas Merkwürdiges, etwas Sonderbares.

Zuerst konnte man es nur hören. Es war ein Wimmern, dann ein immer deutlicheres Schluchzen zwischen dem Zählen. Schließlich hörte das Zählen ganz auf, und die Hasenrosa brach in ein herzzerreißendes Weinen aus. Loredana trat hinter der Säule hervor.

»Was ist passiert?«

Die Hasenrosa verstummte auf der Stelle. Und da war es wieder: dieses Glotzen, dieser eigenartige Blick. Als ob sie durch einen hindurchschauen würde. Als ob man gar nicht da sei. Kalt und irgendwie total krank. Richtig unheimlich. Loredana bekam eine Gänsehaut. Sie wagte nicht, noch

einmal zu fragen. Ratlos stand sie vor dem dünnen Mädchen mit der knallgrünen Lederjacke und wartete, bis es wieder zu sich gefunden hatte. Jetzt liefen der Hasenrosa die Tränen erst recht über die Wangen.
»Was macht sie für ein Konzert?«, fragte Grillo, der sich herangepirscht hatte. Er war noch ganz außer Atem.
Loredana zog die Schultern hoch.
»Ist sie hingefallen?«
Loredana schüttelte den Kopf.
»Sollen wir aufhören?«
»Weiß auch nicht.«
Aber die Hasenrosa kam den Überlegungen zuvor. Von der einen Sekunde auf die andere waren die Tränen verschwunden. Sie waren plötzlich wie weggeblasen.
»Mann, warum starrt ihr mich so dämlich an? Versteckt euch! Na los!«
Die beiden gingen unsicheren Schrittes weg. Grillo wandte sich einige Male um. Als er die Hasenrosa einen Glimmstängel anzünden sah, war alles wieder in Butter.
»Diesmal kann sie aber lang nach mir suchen, die blöde Kuh!«, schwor sich Loredana, nachdem

Grillo sein Versteck bereits gefunden hatte und ihr ein Victory-Zeichen nebst einem Augenzwinkern zuwarf.
Im Zickzack rannte sie die Säulenhalle entlang, immer weiter weg. Keine Säule schien ihr zu behagen. Noch eine, und noch eine, und grad noch mal eine! Darüber verlor sie die Orientierung. Sie musste stehen bleiben, Luft holen und scharf überlegen. Anstatt jedoch zurückzugehen, bewegte sich Loredana Felice zwischen den Säulen in die falsche Richtung und verlor ihre Spielgefährten.
So fing alles an.

Der verlorene Vater

Halt, kleines Fräulein! Ich fürchte, hier darfst du nicht hinein.«

»Ich muss zu Grillo.«

»Soso. Und wer ist Grillo?«

»Sag ich nicht.«

»Hehe! Hiergeblieben! Ich sagte doch, dass du hier nicht rein darfst! Päpstlicher Privatbezirk. Tut mir Leid. Aber vielleicht kann ich dir weiterhelfen?«

»Ich darf nicht mit fremden Männern reden.«

»Das ist sehr vernünftig. Gescheit ist das. Weißt du, ich hab auch ein Töchterchen. Jacqueline heißt sie. Sie ist noch kleiner als du. Leider wohnt sie nicht in Rom. Sie lebt bei ihrer Mami in Luzern. Das ist weit weg. Aber in drei Tagen werd ich ja abgelöst, und dann feiern wir zusammen Weihnachten.«

»Ich will zu Grillo!«

»Ich darf dich nicht passieren lassen. Jedenfalls nicht ohne schriftliche Genehmigung. Wie soll ich das erklären? Du bist doch ein aufgewecktes Mädchen. Schau mal: Der Papst ist ein sehr wichtiger Mann. Ich würde sagen, er ist der wichtigste Mann auf der ganzen Welt. So ein Mann muss Tag und Nacht bewacht werden, und zwar schärfstens. Weil es nämlich Leute gibt, die ihn überhaupt nicht mögen und ihm etwas antun wollen. Ich würde mein Leben für ihn hingeben. Deshalb muss ich so streng sein. Laut Vorschrift dürfte ich überhaupt nicht mit dir reden. Ein Schweizergardist darf nicht einmal die Augenbrauen hochziehen.«

»Du tust es aber andauernd.«

»Ich schlage vor, dass du mir jetzt sagst, wie du heißt und wo du hergekommen bist. Ich laufe zum Telefon, und dann werden wir deinen Grillo schon finden. Es geschieht nicht selten, dass sich Touristen im Vatikan verlaufen. Neulich ist mir ein Fall passiert, da haben sich drei Holländer in die Büros der Glaubenskongregation verirrt. Es war schon spät, und sie mussten dort übernachten. Dort sah's vielleicht aus am nächsten Morgen! Eigentlich wollten sie nur in die Sixtinische Kapelle. Jetzt mal unter uns: Der Herr Präfekt, der hochwürdige Herr Kardinal, kann ganz schön wütend werden. Der kann fluchen! Anschnauzen kann er einen!

Geschämt hab ich mich für die ganze Christenheit. Ich könnte Sachen erzählen! Zum Glück haben wir Gardisten die Schweigepflicht.«

»Ich muss jetzt zu Grillo Azzetti!«

»Nicht so hektisch, mein Fräulein! Wo wir uns grad so nett unterhalten. Weißt du, in meinem Beruf ist man sehr einsam. Traurige Stunden verlebt man da. Ich werde dich jetzt was fragen. Versprich mir, dass du ehrlich antwortest. Wie findest du meine Uniform?«

»Häh?«

»Ich meine, gefällt dir unsere Uniform? Wie findest du sie? Mal ganz ehrlich.«

»Doof. Darf ich jetzt gehen?«

»Kindermund tut Wahrheit kund. Du sprichst mir aus der Seele. Schade, dass es mein Capitano-Comandante nicht gehört hat. Ich sehe aus wie eine Schießbudenfigur, nicht wahr? In diesem Aufzug nimmt mich keiner ernst. Und genau da beginnt das Problem. Jeder glaubt nämlich, dass er mich duzen, mir an den Pumphosen herumzupfen und das alberne Barett vom Kopf nehmen darf. Die Amerikaner reißen einem sogar die Hellebarde aus der Hand, weil sie meinen, dass die Klinge aus Plastik sei. Aber verdammt noch mal, ich bin ein

Mensch!! Auch wenn ich in dem Aufzug wie ein Idiot aussehe!!«

»Warum schreist du so?«

»Weil ich unglücklich bin! Seit ich hier Dienst mache, behandelt man mich wie eine Schaufensterpuppe! Von der Besoldung rede ich erst gar nicht! Zum Glück gibt es die Schweigepflicht! Ich könnte Sachen erzählen! Aber lassen wir das. In meiner Familie ... ich heiße übrigens Urs, du kannst Urs zu mir sagen ... in meiner Familie gibt es seit über 200 Jahren Schweizergardisten. Das geht bis auf das Jahr 1797 oder 1798 zurück. Vermutlich sogar auf das Jahr 1794, weil ...«

»Du redest wie unsere Lehrerin.«

»Was wollte ich sagen? Wir waren immer loyal. Für uns war der Papst der Herrgott. Wehe, es hat sich jemand abfällig über ihn geäußert! Der hat sich von mir eine blutige Nase geholt. Ich wollte Gardist werden wie mein Vater, mein Großvater und so weiter. Aber was ich hier im Vatikan an Demütigung und menschlicher Kälte erlebt habe, das ist zu viel! Keiner grüßt dich, keiner redet mit dir, keiner achtet dich. Und wenn der Chef ... ich mein der Heilige Vater ... an dir vorbeikommt, ja glaubst du, der fragt dich, wie's so geht und steht? Für den bist du Luft. Bei der Angelobung hat er mir die Hand geschüttelt, aber schon dem Kollegen daneben in die Augen geschaut. Wie am Fließband. Kein Wunder, dass es um die katholische Kirche schlecht bestellt ist, wenn man an den Kollegen vorbeischaut, anstatt miteinander ein vernünftiges Gespräch zu führen, sich Zeit zu nehmen. Ich hätte viel zu sagen. Besonders in theologischer Hinsicht. Aber man ist ja ein Nichts, ein Niemand! Staffage für die Touristen. Ach was. Mich wundert überhaupt nichts mehr. Mich wundert nicht, dass die Kirche ihre Anhänger verliert wie im Herbst die Blätter die Bäume, umgekehrt mein ich. Die Kirche braucht ganze Kerle, sag ich. Aber der? Ein unentschlossener Mensch ist das. Ein ewiger Zauderer. Nicht eine einzige Enzyklika hat er bisher geschrieben. Ja, was tut er denn überhaupt? Und wenn ich dich so ansehe, mein kleines Fräulein, wird mir angst. Wer soll dir noch ein Vorbild sein?

Komm mal her! Ganz nahe. Muss dir was ins Ohr flüstern. Noch näher ... Wenn jetzt, sagen wir, ein Attentäter hier beim Arco delle Campane herumschleichen würde ... ich mein, jemand, der es auf den Alten ... du weißt schon ... abgesehen hat ... Ehrlich gesagt, ich weiß nicht, was ich tun würde.«

»Warum müsst ihr Erwachsenen immer so viel reden?«

»Zu wem wolltest du noch?«

»O Mann, die warten schon längst auf mich! Aber ich hab mich verlaufen.«

»Ruhe bewahren. Von welcher Richtung bist du gekommen? Weißt du das noch?«

»Ich glaub von dort.«

»Vom Petersplatz also.«

»Glaub schon.«

»Wo die vielen Säulen sind?«

»Genau.«

»Na, dann bist du bei mir ganz richtig.«

»Sag ich doch!«

»Du gehst jetzt zurück und da um die Ecke. Dann die Säulen entlang Richtung Basilika. Oder noch besser! Eine Abkürzung, damit du nicht so weit zu gehen hast. Ich lass dich ausnahmsweise passieren. Bleibt unter uns, weil man sich mit dir so nett unterhalten kann. Geh jetzt hier durch, immer der Nase nach. Siehst du dort vorne den gewölbten Durchgang? Siehst du ihn? Der führt schnurstracks zum Petersplatz.«

»Danke.«

»Nicht der Rede wert! Und frohe Weih...!«

Abkürzungen sind oft die größten Irrwege. Das musste Loredana bald erfahren. Im Glauben, den beschriebenen Weg zu nehmen, gelangte sie in einen Innenhof mit Palmen, danach in ein noch prächtigeres und noch helleres Atrium. Plötzlich stand sie vor einer riesigen, geradezu gespenstisch großen Marmortreppe mit bestimmt einer Million Stufen. So kam es Loredana jedenfalls vor, als sie die Treppe emporschwärmte. Etwa auf halber Höhe sah sie, dass ganz am Ende der Treppe, links und rechts, zwei Schießbudenfiguren standen, wie sich der Herr Urs ausgedrückt hatte. Einen Moment lang überlegte sie, ob sie umkehren sollte. Sie entschied, ruhig weiterzugehen und so zu tun, als sei nichts. Als sie nun vor die Soldaten trat und schon mit einer lästigen Frage rechnete, geschah etwas Unerwartetes. Die Gardisten erstarrten auf der Stelle und ließen sie ohne weiteres eintreten. Loredana wagte nicht sich umzublicken. Sie lief geradeaus, den Korridor entlang, dessen Wände vollgepflastert waren mit Gemälden von majestätisch dreinschauenden Männern in roten und weißen Gewändern. Am Ende des Korridors war wieder eine Treppe. Sie führte zum Glück hinunter, und so durfte man annehmen, auf diesem Weg ins Freie zu gelangen.

Das war eine erneute Täuschung. Die Treppe leitete nämlich in ein anderes Gebäude. Die Gänge waren nicht mehr so breit und die Decken nicht mehr so hoch. Eine Glastür verband den alten

Trakt mit dem neuen. Alles wirkte privater, gemütlich fast. Außerdem war es hier nicht so menschenleer. Männer und Frauen, zumeist ältere, gingen ein und aus. Es wurde geredet, sogar gescherzt und gelacht. Loredana stellte fest, dass nahezu alle Männer schwarz gekleidet waren. Und sie kombinierte, dass es sich um Priester handeln musste, also um die Leute ›vom andern Ufer‹, vor denen die Hasenrosa gewarnt hatte. Am andern Ufer des Tibers wohnen bekanntlich die stinkreichen Römer. Also waren das die Männer, die den Leuten die Butter stahlen. Jetzt hieß es auf der Hut sein und mit keinem reden und sich auf nichts einlassen, sondern weitergehen.

Sie senkte ihren Kopf, starrte auf den Boden, schritt an den Männern vorbei und stellte sich taub, als ihr jemand sehr freundlich »Guten Tag!« wünschte.

»Darauf fall ich bestimmt nicht rein!«, sagte sie mit zusammengepressten Zähnen. Doch plötzlich bekam sie es doch mit der Angst zu tun.

Die Männer kümmerten sich zum Glück nicht weiter um sie, sondern tratschten weiter.

»Schwein gehabt!«, flüsterte sie erleichtert, denn etwa zehn Schritte von ihr erblickte sie einen Lift.

»Das wär doch gelacht, wenn ich hier nicht mehr hinausfind.«
Sie holte den Lift und stieg ein. Am liebsten hätte sie vor Wut geweint, weil sie ihre Kameraden, Grillo, die Hasenrosa und meinetwegen auch Teresa, die Streberin, verloren hatte. Aber eine Loredana Felice war keine Hasenrosa, die einfach drauflosheulte.
Die Lifttür öffnete sich. Doch da war kein Hauseingang und kein Innenhof und keine Straße, und schon gar keine ›Kolonie‹ von Bernini. Da erstreckte sich ein Flur, ein großer, dunkler Flur mit vielen Türen, und es roch nach alten Menschen. Genau wie damals in Como, als sie mit Papa gemeinsam jede Woche den Großvater besuchen musste.
Alles lag totenstill. Kein Geräusch war zu hören. Plötzlich ein Klingelzeichen. Die Tür schloss sich, der Lift wurde gerufen. Loredana lockerte den Schal, weil sie meinte, fast keine Luft mehr zu bekommen. Erst jetzt merkte sie, dass sie am ganzen Körper schwitzte. Sie versuchte dennoch einen kühlen Kopf zu bewahren. Aber sie war zu verwirrt und überdies ohne jede Orientierung, um eine klare Entscheidung treffen zu können. Ohne

lange zu überlegen, trat sie an die erstbeste Tür und drückte die Klinke herunter.
Da war ein kleiner Schreibtisch in einem hellen Zimmer mit hohen Fenstern und beigen Vorhängen. Auf dem Schreibtisch türmten sich Berge von Akten. Sogar auf dem Boden lagen die Mappen stoßweise herum. Das sah Loredana zuerst. Dann sah sie einen Mann, einen alten Mann mit schlohweißem Haar und magerem Gesicht. Der Mann war ganz in Weiß gekleidet. Reglos saß er auf dem Stuhl. Er musste eingenickt sein.
»Bloß weg von hier!«, sprach Loredana vor Schreck laut.
Davon erwachte der alte Mann, das heißt, er hob sein rechtes Augenlid, denn er schlief nie wirklich.

Der Heilige Vater, Papst Silvester IV., erschrak ebenso heftig wie das Kind, das plötzlich vor ihm stand. Zuerst blickte er auf die Armbanduhr, dann rückte er den schief sitzenden Pileolus gerade, sein weißes Scheitelkäppchen. Schließlich griff er zum Telefon, ohne die Erscheinung aus den Augen zu lassen. Doch dann besann er sich anders und legte den Hörer auf.

»Was verschafft mir die Ehre?«, fragte er ruhig und gefasst. Seine Stimme klang weich, sogar angenehm, ganz ohne den typischen Singsang, wie man es vom Fernsehen her kannte.

»Bist du der Papst?«, stammelte Loredana.

Er lächelte schüchtern, als sei ihm die Frage unangenehm, erhob sich und trat auf sie zu. Er war klein von Gestalt, viel kleiner als im Fernsehen.

»Und wer bist du?«

Das Mädchen starrte den greisen Mann an, als ob sie gerade eine Sternschnuppe erblicken würde.

Erst brachte sie keine Silbe heraus, doch dann brachen die Worte aus ihr heraus.
»Loredana Felice aus Rom, Via Fonte Buono 335, Tür 991, neunter Stock, gleich beim Lift, meine Mami arbeitet bei Bozzola&Beraldini im Lager, aber Grillo kann nichts dafür, es war nicht seine Idee, ich bin schuld, Ehrenwort, und die Hasenrosa, weil das Fräulein Corradi so nervt und wir gedacht haben, sie merkt es eh nicht, nie im Leben, und dann soll ich vom Nilo Fanelli einen Gruß ausrichten, aber der ist nicht mein richtiger Vater, ich soll fragen, ob er einmal mit dem Papamobil herumfahren darf ... Ich will heim!«
Mehr fiel ihr vor lauter Aufregung nicht ein. Sie hätte auch kaum mehr weitersprechen können, weil ihr die Tränen die Kehle zuschnürten. Loredana verlor jede Beherrschung und fing hemmungslos zu weinen an.
Papst Silvester IV. ließ es geschehen. Er sagte nichts, weder etwas Tröstendes noch etwas Vorwurfsvolles, sondern blickte das Kind lange und geduldig an. Ein Lächeln, ohne den leisesten Spott, kroch ihm über die Lippen, und in den grauen Augen schimmerte ein warmer Glanz. Er ging ein paar Schritte, überlegte, was zu tun sei, blickte zum

Fenster hinaus, wo sich tief unter ihm der Petersplatz ergoss, umstellt von den herrlichen Kolonnaden Berninis – ein grandioser Anblick, selbst nach 17 Jahren Pontifikat.

Der Nebel hatte sich aufgelöst. Dicke Regenwolken hingen über der Stadt, die alles in ein schwermütiges Licht tauchten. Der kleine, alte Mann wirkte unschlüssig und griff wieder zum Hörer, um sich mit Schwester Gemma zu beraten, eine von den ehrwürdigen Kreuzschwestern, die ihm den Haushalt besorgten. Er fuhr mit dem Zeigefinger eine Nummernliste entlang, blickte auf die Uhr und legte schnell wieder auf. Es war erst halb eins, und die Schwester Oberin pflegte bis Punkt 12.45 Uhr sich ein Mittagsnickerchen zu genehmigen. Wenn man sie aufweckte, konnte es gesche-

hen, dass sie den ganzen Nachmittag ein grimmiges Gesicht machte, was zur Folge hatte, dass Tee und Kuchen mit auffälligem Geklirre serviert wurden. Diese Spannungen mussten nicht sein, und es schien ihm die Sache auch nicht wert. Dummerweise war Schwester Ambra gerade einkaufen, und Pater Giannantonio, der Sekretär, in Santa Maria Maggiore.
Das Kind stand noch immer am gleichen Fleck und weinte. Silvester IV. kramte in der Soutane nach etwas, machte eine Schublade auf, stöberte darin, zog eine andere heraus und entfaltete schließlich ein mit seinen Initialen besticktes Tüchlein. Das reichte er dem Mädchen. Sie nahm es und schnäuzte sich die Nase, dass es nur so trompetete. Da musste der Papst lachen, und plötzlich musste auch Loredana lachen. Sie wusste nicht, weshalb, aber auf einmal

hatte sie keine Angst mehr. Sie wischte sich mit dem Handrücken die Wangen ab.
»Mein Papi hat auch immer gelacht, wenn ich mich geschnäuzt hab.«

Silvester IV. hatte sich wieder an den Schreibtisch gesetzt und einen Bleistift zur Hand genommen.
»Ich mache dir einen Vorschlag. Wir gehen systematisch vor. Wie war noch dein Vorname?«
»Was bedeutet systematisch?«
»Das bedeutet der Reihe nach.«
»Dann muss ich zuerst Lulu.«
»Wie bitte?«
»Aufs Klo!«
»Oh, Verzeihung, selbstverständlich!«
Er stand auf, öffnete die Tür und wies ihr den Weg. Loredana verschwand. Sicherheitshalber ließ er die Tür weit geöffnet, damit der kleine, überraschende Gast auch wieder zurückfinden konnte. Er mochte

das Mädchen vom ersten Augenblick an. Etwas Geheimnisvolles lag in ihren Augen: ein feines, zartes Licht. Er mochte sie, obwohl er nie ein Kindernarr gewesen war, wie er sich gelegentlich im privaten Kreis verlautbarte. Er stammte aus einer kinderreichen, piemontesischen Bauernfamilie. Und den schreienden Nachzüglern, seinen Zwillingsbrüdern, hätte er oft am liebsten den Hals umgedreht. Das erzählte er gern, nicht zuletzt deshalb, um die ehrwürdige Gemma ein wenig zu provozieren, wenn der Tee wieder einmal etwas zu heftig serviert worden war.

»Papst, hast du kein weiches Klopapier?«, fragte Loredana mit herablassendem Ton, als sie ins Arbeitszimmer zurückkehrte. Ihre blauen, vor Lebendigkeit blitzenden Augen verrieten, dass sie wieder ganz die Alte war.

»Da bin ich, ehrlich gesagt, etwas überfragt.«

»Weißt du, du musst Dreilagiges kaufen, das Hellblaue, wo der Elefant drauf ist.«

»Ich werde es mir merken. Aber willst du nicht ablegen? Gib mir den Schal und den Mantel. Hier. Setz dich. Der Stuhl ist sehr bequem. Da haben schon berühmte Männer und Frauen Platz genommen. Aber sie kochen auch nur mit Wasser …

Sekunde, ich hab's gleich. Lauter unerledigte Hausaufgaben. Briefe, Akten, Protokolle, Entwürfe für Reden. Beim Papst daheim sieht's aus wie in einer Räuberhöhle, wirst du denken. So. Bitte schön.«

»Ich hab auch niemand, der mir das Zimmer aufräumt. Tröste dich.«

Loredana setzte sich in den prunkvollen, mit dunkelrotem Samt überzogenen Stuhl, verschränkte die Arme, ließ die Beine baumeln und den Blick durch das päpstliche Gemach wandern.

»Sehr groß hast du's hier. Ich muss sagen, hier kann man alt werden. Aber die Vorhänge sind echt hässlich.«

»Findest du?«

»Wir haben ganz bunte Vorhänge. Rate mal, was ich in meinem Zimmer für Vorhänge hab.«

»Ich weiß nicht.«

»Du musst raten.«

»Gelbe? ... Weiße? ... Blaue?«

»Falsch, falsch, falsch! Donald-Duck-Vorhänge. Hab ich von meiner Mami zum Geburtstag bekommen.«

»Und du meinst, die würden auch zu mir passen?«

»Na ja. Jetzt, wo du's sagst.«

Papst Silvester IV. hatte sich erneut an den Schreibtisch verfügt und den Bleistift genommen. Er musste die Tischlampe anknipsen und eine Brille aufsetzen, denn die Augen spielten nicht mehr so recht mit. Neugierig betrachtete Loredana das Gesicht des alten, sehr ruhigen Mannes. Sie schaute gern in sein Gesicht, und die hellgrauen Augen gefielen ihr und vermittelten Vertrauen.
»So, mein liebes Fräulein. Nun wollen wir zusehen, dass du schnell wieder nach Hause kommst. Wir gehen, wie gesagt, systematisch vor. Ich mache mir ein paar Notizen, wenn du nichts dagegen hast.«
Er stellte ihr eine Reihe von Fragen, den Namen, die Adresse und das Alter betreffend. Auch die Anschrift der Schule wollte er von ihr wissen. Loredana bemühte sich, eine ebenso ernste Miene wie der Papst zu machen, und antwortete korrekt. Beim Alter mogelte sie allerdings, dass sich die Balken bogen, und gab sich als Elfjährige aus.
»Die Telefonnummer muss ich wissen, Loredana, damit man deine Mutter verständigen kann.«
»Hab ich nicht im Kopf.«
»Denk nach.«

»Tu ich ja!«

»Das ist mir sympathisch«, lächelte Silvester IV. und legte den Bleistift beiseite. »Ich konnte mir auch nie welche merken. Mit Zahlen stand ich immer auf Kriegsfuß. Beppino, mein seliger Rechenlehrer, ist an mir verzweifelt. Der hat mir mal eine Ohrfeige gegeben, dass ich durchs halbe Klassenzimmer geflogen bin. Aber nun wieder zu dir. Wie um Himmels willen bist du ins päpstliche Appartement gelangt? Es stehen doch überall Schweizergardisten. An jedem Tor.«

»Ich weiß nicht. Wir haben Räuber und Gendarm gespielt. Dann hab ich wegen den vielen Säulen Grillo und die anderen verloren. Dann kam der Urs und hat mir eine Abkürzung gezeigt, aber ...«

»Wer ist Urs?«

»Der Mann, mit dem niemand redet.«

»Kannst du dich verständlicher ausdrücken?«

»Er darf nicht einmal mit den Augenbrauen zucken, so arm ist er. Jeder zupft an ihm herum und macht sich über ihn lustig. Und die Amerikaner stehlen ihm die Lanze.«

»Ah ja.«

»Weißt du, er ist sehr beleidigt, weil du ihn nicht angeschaut hast. Du musst die Leute anschauen.

Ich sage immer: Man muss jedem Menschen eine Chance geben.«

»Da hast du zweifelsfrei Recht. Wenn du einverstanden bist, werde ich jetzt in der Schule anrufen lassen, damit sie wissen, wo du steckst.«

»Pa-apst.«

»Ja?«

»Wie lange geht das noch systematisch?«

»Warum fragst du?«

»Ich hab Hunger.«

»Großen?«

»Mh-hm.«

»Dagegen müssen wir was tun. Lass mich mal auf die Uhr schauen. Worauf hättest du denn Lust?«

»Eine Portion Pistazieneis. Zwei Kugeln.«

»Wird gemacht, mein Fräulein.«

Er wählte eine Nummer und musste lange warten, bis sich eine Stimme meldete.

»Schwester Gemma? … Hallo. Hoffentlich habe ich Sie nicht aufgeweckt … Da bin ich aber froh! Hören Sie. Ich habe ganz überraschend einen Gast bekommen. Wären Sie so freundlich, eine Portion Pistazieneis heraufzubringen. Zwei …«

»Drei!«

»Vier Kugeln bitte … Pistazieneis. Sie haben richtig gehört ... Aber Sie werden doch eins auftreiben können ... Sie ist schon zurück? ... Gut, dann geben Sie sie mir ... Liebe Schwester Ambra ... Ja, ich bin's ... Jetzt muss ich Sie leider noch mal losschicken. Bitte besorgen Sie mir Pistazieneis, so viel Sie tragen können ... Egal, Hauptsache das beste. Und noch eine kleine Bitte. Fragen Sie doch im Supermarkt, ob es nicht ein Toilettenpapier gibt, ein hellblaues mit einem ... einem ...«

»Elefant!«

»... mit einem Elefanten drauf ... Gut! ... Wunderbar! Sie sind ein Schatz!«

Das Gesicht der ehrwürdigen Gemma sprach Bände. Stumm bediente sie den merkwürdigen Gast und servierte die Köstlichkeit in einer Dessertschale aus handgeschliffenem Rubinglas. Es handelte sich um ein Geschenk der Gattin des russischen Präsidenten an den päpstlichen Haushalt. Schwester Gemma hantierte recht umständlich,

um auf diese Weise Zeit zu gewinnen. Aber Papst Silvester IV. machte keine Anstalten, ihr das Zustandekommen dieses Besuchs darzulegen, im Gegenteil: Er schien zu genießen, dass sich die ehrwürdige Gemma vor vollendete Tatsachen gestellt sah. Sie stand unschlüssig herum, nestelte an der Serviette, machte Anstalten zu gehen, strich mit der Fußspitze die Teppichfransen glatt, blieb stehen und sagte plötzlich:

»Wenn Pater Giannantonio außer Haus ist, führe ich die Agenda, Heiliger Vater.«

»Gut, dass Sie die Agenda erwähnen«, sprach der Papst freundlich. Seine Augen leuchteten spitzbübisch. »Sagen Sie für heute Nachmittag alle Termine ab.«

»Was soll ich?«

»Alle Termine absagen.«

»Kommt nicht in Frage!«

»Schwester Oberin«, sagte der Papst ernst, »ich habe mich klar ausgedrückt.«

Die alte Dame war sprachlos. Ihr Antlitz versteinerte, und der runde, kleine Mund stand offen. Sie war eine beleibte Person mit einem fleischigen, schneeweißen Gesicht und messerscharfen Augen. Als der Papst noch Erzbischof von Turin gewesen war, hatte sie ihm schon treu gedient. Obwohl er ihr schon damals das Du angetragen hatte – zum letzten Mal am Tag seiner Wahl zum Stellvertreter Christi auf Erden –, war sie konsequent beim Ihr geblieben. Eine Frau mit Prinzipien also. Ein Prinzip war, nie ohne Reisedokumente auf die Straße zu gehen. Ein anderes, Bergschuhe zu tragen. Ein drittes, stets mit kleinen Geldscheinen zu bezahlen. Das Leben sei eine einzige Gefahr, ein felsiger Abgrund, hatte sie einmal gegenüber Pater Giannantonio geäußert.

Schwester Gemma kannte ihren Papst wie ihr Brevier, könnte man sagen. Sie wusste um seine Vorlieben, Abneigungen und Launen. Aber diese Laune kannte sie noch nicht: Termine absagen.

»Ihr seid um halb drei mit dem Apostolischen Delegaten aus Vilnius verabredet.«

»Absagen.«

»Und der Kardinalstaatssekretär um vier?«

»Auch absagen.«

»Und der Besuch im Äthiopischen Kolleg bei den Negern um halb fünf?«

»Liebe Schwester Oberin«, sprach der Papst geduldig, »Sie haben mich durchaus verstanden.«

Schwester Gemma blickte ihm mit eisiger Kälte in

die Augen. Er aber hielt ihrem Blick stand. Dann nickte sie resigniert, drehte sich um und warf einen bösen Blick auf das Mädchen, das selig ihr Pistazieneis hinunterschlang.

»Das ist übrigens ein sehr kostbares Glas«, murrte sie. »Wenn du bitte nicht so mit dem Löffel kratzen würdest.«

Dann ging sie weg und machte die Tür zu. Übrigens ganz leise. Der Papst wunderte sich.

»Du kannst sie nicht leiden, was?«, sprach Loredana mit vollem Mund.

»Wir sind beinahe so etwas wie ein altes Ehepaar.«

»Du-u?«

»Ja.«

»Warum machst du immer ein trauriges Gesicht? Du bist doch der Papst.«

Zuerst stutzte Silvester IV. über diese Frage und wollte schon mit einem Scherz darüber hinweggehen, aber die Worte blieben ihm im Hals stecken. Dann schwieg er lange und erzählte Loredana die folgende Geschichte:

Es war einmal ein Junge. Er hieß Nello. Er war etwas kurz geraten und hatte sehr schmale Schultern. Darum nannten ihn alle nur den Floh. Seine Eltern waren Weinbauern. Die Mutter war eine sehr stille Person. Sie hatte nussbraune Augen und glattes, schwarzes Haar. Der Duft ihres Haares half Nello einschlafen, wenn er sich vor dem Geschrei der Katzen fürchtete, die in der Dunkelheit draußen um ein Revier stritten. Sie war eine schöne Frau. Aber das sagt wohl jeder Junge, der nie von seiner Mutter verraten worden ist. Wenn sie am Morgen das kleine Missgeschick im Bett diskret überging, damit die älteren Brüder kein ›Hallo!‹ anstimmen konnten. Wenn sie ihn nicht auslachte, weil er noch als Gymnasiast an Zauberer und Feen glaubte.
In dem Dorf, wo sie lebten, waren noch fünf oder sechs Häuser bewohnt. Die übrigen Güter standen verlassen da und verfielen. Es herrschte nämlich eine drückende Armut, weil die Regierung den

Fluss, der das Gebiet seit Ewigkeit durchwandert hatte, im Norden staute. Die Leute waren in die Stadt geflüchtet oder in eine andere Gegend, wo es Wasser gab. Die Alten starben allmählich dahin.
›Mancusi, du bist ein rechter Dummkopf, wenn du hier bleibst. Willst du den Wein selber saufen?‹, sprachen die Nachbarn zum Vater des Jungen.
Der schüttelte den Kopf und lachte breit. Die Mutter, die es insgeheim auch in die Stadt zog, tröstete er damit, dass man nur noch ein paar Monate Geduld haben müsse, bis die Regierung den Unfug mit der Staumauer einsehen würde. Alle, die jetzt weggingen, kämen früher oder später wieder zurück. Zu Floh und seinen Brüdern pflegte er zu sagen: ›Es ist keine Frage des Wassers. Es ist eine Frage des Willens.‹
Aus den Monaten wurden Jahre. Die Regierung betrachtete die Staumauer nicht als Unfug. Von denen, die weggezogen waren, kehrte niemand zurück.
Es war eine gespenstische Gegend, in der die Familie des kleinen Nello wohnte. Soweit das Auge blickte, verwilderte und verdorrte Weinberge. Eine endlose, holprige Schotterstraße führte in das Dorf, und sie vergraste immer mehr. Selten verirrte sich

ein Verwandter oder gar ein Fremder dahin. Und wenn, staunte er, wie es möglich war, dass hier noch Menschen überleben konnten.
Für den Floh aber war es der schönste Platz auf der Welt. Er liebte die klirrend kalten Winter und die sengend heißen Sommer. Er liebte die Abende, an denen die Luft noch heiß war und erfüllt vom Sirren der Zikaden. Er kannte sich in der Gegend aus wie kein anderer. Er genoss es, ganze Nachmittage allein zu sein, zu träumen, in den verlassenen Weinbergen herumzustreifen und unter ihren Schatten spendenden Laubdächern ein Buch zu lesen. Er kannte jeden Baum und jeden Stock. Selbst bei völliger Finsternis hätte er durch bloßes Tasten aus dem Weinberg wieder herausgefunden. Er und seine Brüder teilten zum Spaß die verlassenen Höfe unter sich auf. Jeder legte sein eigenes Räuberversteck an. Es war eine herrliche, eine unbeschwerte Zeit.
Bis Floh eines Tages etwas widerfuhr, das sein ganzes späteres Leben prägen sollte. Er befand sich damals in dem Alter, wo sich ein Junge im Allgemeinen schämt, am Haar der Mutter zu riechen, wo er es nur noch klammheimlich tut. Freilich, ihm war nicht verborgen geblieben, dass der Vater

oft nächtelang nicht mehr nach Hause kam. Ihm war nicht verborgen geblieben, dass er schon am Vormittag mit schwerer Zunge sprach und manchmal gegen den Türstock rannte, obwohl die Tür nicht schmaler geworden war. Dass er einsilbiger geworden war und den Lieblingssatz mit dem Wasser und dem Willen nicht mehr sagte, war ihm auch nicht entgangen.

Der Floh und seine Brüder liebten den Vater über alle Maßen, denn sie waren stolz auf ihn, weil er der Regierung so hartnäckig trotzte. Sie liebten seinen Sinn für Gerechtigkeit, der sich darin zeigte, dass er keinen bevorzugte oder benachteiligte. Sie liebten seine Fröhlichkeit und den Schalk in seinen Augen. Aber plötzlich stimmte etwas nicht mehr mit ihm. Er konnte grundlos aufbrausen und die Mutter anschreien. Er wurde immer launischer und fing an, den Ältesten zu sticheln. Sicher, der war etwas langsam. Er nörgelte so lange an ihm herum, bis es zu einer Rauferei kam. Der Älteste wollte nämlich weggehen. Er ging dann auch, als alle schliefen, ohne ein Lebewohl. Der Mutter brach das Herz.

Zu der Zeit, da Floh das sonderbare Erlebnis hatte, von dem ich erzählen will, waren auch die anderen

Brüder weggezogen. Auch zwischen ihnen und dem Vater war es zu einem hässlichen Streit gekommen. Nur der Mittlere kam noch einmal in der Woche mit Pferd und Leiterwagen auf Besuch, um nach der Mutter zu sehen. Denn sie war von nun an praktisch auf sich selbst gestellt mit Floh und den Zwillingen, die ja erst Säuglinge waren. Er brachte Salz und Brot, Käse und etwas Schokolade, was man eben ganz dringend braucht, wenn man nicht verhungern will. Manchmal karrte er noch eine andere Last auf dem Leiterwagen herauf: den sturzbetrunkenen Vater. Nicht selten fand er ihn am Wegrand. Er war meistens derart betrunken, dass er auf allen vieren nach Hause kriechen musste.

Es war ein Sonntag und es regnete in Strömen. Der Vater war nicht nach Hause gekommen, und so hatte Floh den Ofen angefeuert, die Ziegen gemolken und der Mutter die Wäsche auf den Dachboden getragen. Dann nahm er ein Buch und setzte sich in der Küche an seinen gewohnten Platz, um zu studieren. Oh, er liebte Bücher! Er liebte den Klang der Worte, besonders derjenigen, die er nicht verstand. Worte waren geheimnisvoll. Er lernte sie auswendig, lauschte ihrem Klang und konnte nicht genug davon kriegen.

Er saß also in der Küche und las. Plötzlich schoss ihm ein Gedanke in den Kopf. Er musste an den Vater denken. Wo er wohl wieder steckte. Es fiel Floh immer schwerer, sich in das Buch zu vertiefen, sich zu konzentrieren. Er wurde die Ahnung nicht los, dass der Vater ihn genau in diesem Augenblick brauchte, dass er sozusagen unhörbar nach ihm rief. Floh schlug das Buch zu und bemerkte, dass er eine Gänsehaut bekommen hatte, auf den Armen und überall. Das Herz schlug laut, und die Wangen waren glühend heiß, und er wusste nicht, weshalb.

Ohne Jacke und ohne der Mutter ein Wort zu sagen, rannte er im prasselnden Regen drauflos. Er rannte, wie er noch nie im Leben gerannt war, immer geradeaus, instinktiv in die richtige Richtung. Etwa nach einer halben Stunde fand er den Vater

bäuchlings auf dem Schotterweg liegend, ohne Schuhe und Hemd.
Der Vater atmete schwach, und sein Gesicht war über und über mit Schlamm bedeckt. Aus der Nase tropfte Blut. Floh war ratlos und redete auf den Vater ein, brüllte ihn schließlich an, endlich aufzustehen, zerrte an ihm, kniff ihm in die Wange und in den Rücken. Aber der Vater erhob sich nicht, konnte sich gar nicht mehr erheben, das wusste Floh genau. Darum war er ja so wütend, denn er wusste, dass sein Vater im Sterben lag. Darum riss und zerrte er auch so an ihm, weil er genau wusste, dass der Vater auf ihn gewartet hatte, vielleicht die ganze Nacht lang, um endlich sterben zu dürfen.
Der Junge wurde fast ohnmächtig vor Verzweiflung. Sollte er bleiben? Sollte er zur Mutter zurücklaufen und es ihr sagen? Sollte er ins Nachbardorf rennen und Hilfe holen? In zwei Stunden, ach was, in anderthalb Stunden könnte er es bestimmt schaffen. Nein, er redete wieder auf den schweren, reglosen Körper ein. Er fing sogar zu singen an, und auf einmal fiel ihm der Satz ein, der Lieblingssatz des Vaters.
›Es ist keine Frage des Wassers!! Es ist eine Frage des Willens!!‹, schrie Nello.

Und er schrie es immer wieder. Er beugte sich über das verdreckte Gesicht des Sterbenden und betrachtete die Augen. Und was er dort sah, schnitt sich ihm so tief ins Herz hinein, dass er es nie mehr vergessen konnte.
Da war ein unbeschreibliches Licht in den Augen des Vaters. Ein seltsames Licht. Ein feines, zartes Licht. Aber dieses Licht mitanzusehen, tat weh, und es brannte Floh so entsetzlich unter der Haut, dass er laut aufschreien musste vor Schmerz. Denn es war das Augenlicht eines Menschen, der mit einer unerfüllten Sehnsucht starb. Im Unfrieden, verbittert, entzweit, zerbrochen an sich.
Noch etwas anderes geschah. Genau in dem Moment, als Floh in die Augen des Vaters sah, ging die Kindheit zu Ende. Unwiederbringlich. Und in ebendiesem Augenblick, auch wenn er es noch gar nicht wissen konnte, hatte er beschlossen, dieses tödliche Licht zu bekämpfen. Nie mehr sollte ihm ein Mensch begegnen mit so einem furchtbaren Glanz in den Augen. Alles wollte er dafür tun, damit den Menschen das erspart bleibe, was Vater widerfuhr.

Denn in jenem tödlichen Licht wohnt Gott«, sagte Papst Silvester IV. zu dem Mädchen und schwieg.
Er öffnete eine Schublade und nahm eine winzige, ovale Silberdose heraus. Er drehte sie zwischen den Fingern, klopfte sie auf den Handrücken und schnupfte ein braunes Pulver. Dann blickte er zu Loredana hinüber und lächelte.
Loredana saß in aufrechter Haltung in dem samtgepolsterten Stuhl, in dem, wie der Papst gesagt hatte, die berühmten Leute sitzen, die mit Wasser kochen. Geradezu bewegungslos hatte sie der Erzählung gelauscht und wie selbstvergessen die kostbare Dessertschale aus Rubinglas umklammert. Die hielt sie noch immer fest und staunte den alten Mann mit offenen Augen an. Der Papst musste heftig niesen. Er entschuldigte sich und putzte die Nase. Dann ging er zu Loredana, beugte sich über sie, berührte ihre Hände. Sie starrte ihn noch immer an.

»Gib mir die Schale.«

Sie gab das wertvolle Stück aus der Umklammerung frei. Er nahm es und stellte es weg.

»Darf ich auch mal probieren?«, fragte sie. Es war mehr eine Verlegenheitsfrage denn wirkliche Neugierde.

»Die Schnupftabakdose?«

Loredana nickte.

»Ich glaube nicht, dass es deiner Nase gefallen wird. Aber wenn du darauf bestehst?«

Sie nickte fester mit dem Kopf. Der Papst tat, was sie wünschte, brachte die Dose, erklärte, was es damit auf sich hatte. Er nahm Loredanas Hand und streute eine winzige Prise darauf. Loredana schnupfte. Zuerst geschah nichts, dann kitzelte es entsetzlich in der Nase, und schließlich musste sie gleich viermal hintereinander niesen. Das Kind und der Greis sahen einander an. Plötzlich platzte aus beiden ein herzliches, befreiendes Lachen. Dann kehrte wieder Stille ein.

»Du musst nicht traurig sein wegen deinem Vater«, sagte Loredana, und ihr Blick verriet eine tiefe Ernsthaftigkeit. »Ich weiß, dass mein Papa wieder zu mir zurückkommt. Er kann jetzt nicht, weil er sehr beschäftigt ist. Das muss man respektieren, weißt du. Man kann nicht immer mit der gleichen Diskussion anfangen.«

»Ja, da hast du sicher Recht, Loredana«, erwiderte Silvester IV. ohne einen Anflug von Ironie. »Aber was ist, wenn dein Papa nicht mehr zurückkommt?«

Er sah, wie diese Frage in dem Kind rumorte, und er bereute, sie gestellt zu haben. Er holte einen Stuhl, setzte sich zu seinem Gast und faltete die Hände über dem Bauch.

»Willst du, dass ich dir mehr von Nello erzähle?«

Das Mädchen bejahte.

»Unterbrich mich ruhig, wenn ich dich langweile oder wenn es allzu … systematisch wird.«

»Du bist Nello der Floh, ich weiß schon.«

»Ja, meine kleine Freundin. War auch nicht schwer zu erraten.«

Der Papst sammelte sich, überlegte, dachte nach. Es bedurfte einiger Anläufe, bis er sich in seiner Geschichte wiedergefunden hatte. Sein Blick wanderte über Loredanas Kopf hinweg, aus der Gegenwart hinaus, in immer tiefere Vergangenheiten. Auf dem knochigen Gesicht kehrte Ruhe ein. Dann sprach er wie folgt zu dem Mädchen:

Das Licht, von dem ich geredet habe, wovon ich glaube, dass Gott darin wohnt, begegnete mir noch oft. Ich habe es unzählige Male gesehen. Aber damit will ich dich nicht behelligen. Ich will von etwas anderem erzählen, von etwas, das mich völlig ratlos machte.

Ich kam nach Rom, um zu studieren. Mein Bruder Gaetano, das war der, der etwas langsam war, hatte mir das Studium ermöglicht. Er ist schon viele Jahre tot. Gaetano war gar nicht damit einverstanden, dass ich Theologie studierte. Er war Kommunist und sagte, dass die Kirche schuld sei am Leid der Menschen. Sie habe ihnen den freien Willen genommen. Alles Übel auf der Welt sei einzig und allein durch die Religion verursacht worden.

›Eben deshalb!‹, entgegnete ich aus einer Mischung von Besserwisserei und Trotz.

Er verstand mich nicht, aber er schickte mir dennoch Geld. Vielleicht auch, weil er sah, dass ich zu hungern bereit war, Hauptsache, ich durfte mit meinen Büchern sein. Nächtelang saß ich über den Schriften der großen Mystiker und Heiligen, las, lernte auswendig und schrieb ab, bis mir die Füße einschliefen oder die Augenlider zufielen. Aber ich fand keine Antwort auf meine Frage: Was kann ich tun, damit die Menschen nie mehr dieses Licht sehen müssen? Das Licht, an dem Vater zugrunde gegangen war. Wie kannst du ihnen den Schmerz nehmen? Wie kannst du sie trösten, wie ihnen die Hoffnung zurückgeben? Und ich kam zu dem Schluss, dass es wirklich auf den Willen ankommt, nicht auf das Wasser, also auf die äußeren Umstände.

Genau so dachte ich damals, Loredana. Meine Freunde belächelten mich und nannten mich einen naiven Weltverbesserer. Aber sie mochten mich trotzdem. Vielleicht mochten sie mich, weil ich, was die Fragen des Lebens betrifft, so hilflos war. Und ein hilfloser Freund ist ja keine Gefahr. Ein hilfloser Freund richtet nicht. Er ist einfach da.

So dachten sie. So dachte man immer über mich. Und ich will dir eines verraten: So dachten sie auch, als sie mich zum Papst wählten. Sie glaubten nämlich, dass dieser Nello Mancusi ganz gewiss keine Gefahr für die herrschenden Verhältnisse darstellen würde. In dem Punkt behielten sie auch Recht. Was sie nicht wussten: Die Macht interessierte mich nicht. Und das ließ sie manchmal fast ohnmächtig werden vor Wut. Sie wollten mich benutzen und merkten zu spät, dass man mich gar nicht benutzen kann. Ich tat nichts gegen ihren Willen, aber ich war ihnen auch nicht zu Willen. Ja, ich schweife ab. Entschuldige bitte.

Oh, ich liebte diese Stadt! Ein kleiner, piemontesischer Bauernsohn, der von nichts eine Ahnung hatte. Das musst du dir vorstellen! In unzähligen Spaziergängen durchwanderte ich dieses herrliche Rom, von dem ich plötzlich ein winziger Teil sein durfte. Ich kam mir sehr, sehr wichtig vor. Als mir Gaetano einmal etwas mehr Geld schickte, kaufte ich einen Sonntagsanzug und einen Hut aus dunkelblauem Flanell und stolzierte – ein richtiger Gentleman! – am Quirinalspalast vorbei. Ich glaube, ich war damals der glücklichste Mensch in der Stadt.

Sonntags nach der Messe pflegte ich in die öffentliche Bibliothek zu gehen, um mich meinen Studien zu widmen. Ich weiß noch genau, welches Buch ich damals studierte, denn es ist unweigerlich mit dem Erlebnis verbunden, das ich dir schildern will. Es waren die *Metamorphosen* des Ovid. Ovid war ein großartiger Geschichtenerzähler. Ich las das Buch, um meine Kenntnisse des Lateinischen zu vertiefen, denn alle unsere Prüfungen wurden damals noch entweder auf Latein oder auf Griechisch abgehalten.

Ich begab mich also eines Sonntags wieder in die Bibliothek. Doch anstelle des mürrischen Bibliotheksgehilfen, den man stets mit ein paar Münzen zu bestechen hatte, stand ein zauberhaftes Fräulein vor mir. Vor lauter Staunen vergaß ich den Titel des Buches und gab stattdessen meinen Namen und das Geburtsdatum an. Zu allem Überdruss streckte ich ihr auch noch meinen Hut hin. Sie fragte, was sie damit solle. Ich brachte keine Silbe mehr heraus, wurde rot wie eine Tomate und war einfach wie gelähmt. Eine ziemlich dumme Figur muss ich abgegeben haben.

Ja, du lachst jetzt, aber mir war das peinlich. Ich flüchtete. Draußen merkte ich erst, wie sehr mein Herz klopfte. Das Bibliotheksfräulein ging mir die ganze Woche nicht mehr aus dem Kopf. Du wirst dir denken können, dass ich am folgenden Sonntag etwas besser vorbereitet war. Ich schrieb mich bei ihr ein und warf ihr bei dieser Gelegenheit einen mutigen Blick zu. Sie hatte krauses Haar, einen sehr fein geschnittenen Mund und grüne, so lebendige, so neugierige, so listige Augen, wie ich sie noch nie gesehen hatte. Das Schönste war ihr Lächeln. Wie soll ich es beschreiben? Es machte mich ruhig. Wie wenn Mutter mir eine Gutenachtgeschichte erzählt hätte. Genau diese Wirkung hatte das Lächeln.

Nicht wahr, Loredana, wenn man etwas lieb hat, will man es ständig um sich haben. Die Stunden, die Tage, da man es entbehren muss, sind eine Qual, wollen nicht enden und zählen nicht. So erging es mir mit dem Bibliotheksfräulein. Ich marschierte jetzt nicht bloß sonntags in die Bibliothek, ich ging drei-, viermal die Woche hin, um den Ovid zu studieren. Ich las und entdeckte mich und sie in allen Geschichten. Dieser schlaue Ovid hatte sein Buch nur für uns beide geschrieben, dachte ich. Glaub mir, ich kenne es heute noch besser als das Alte Testament.

Es dauerte etwa ein halbes Jahr, bis ich wagte, das Mädchen anzusprechen. Ich fragte, ob sie Lust hätte, ins Kino zu gehen. Mir schlug das Herz bis in den Hals hinauf. Sie lächelte mich an mit ihren herrlichen Augen und sagte, dass sie zuerst ihre Eltern fragen müsse. Damals war das nicht so einfach wie heute. Ich bekam positiven Bescheid, und wir gingen ins Kino. Den Film habe ich vergessen, aber ihr zitronengelbes Sommerkleid nicht und auch nicht ihren köstlichen, florentinischen Dialekt. Danach saßen wir in einer billigen Trattoria an der Piazza di Campo dei Fiori. Ich muss lachen, wenn ich daran denke, wie ich tags zuvor einen hübsch gedeckten Tisch mit Kerzenlicht und Blumenschmuck reservieren wollte. Der Kellner zog eine Grimasse und fragte höhnisch, ob's für den feinen Herrn vielleicht noch Champagner sein dürfe. Immerhin stellte er eine Kerze auf den Tisch, mehr ein Grablicht, im Preis nicht inbegriffen, versteht sich.

Amelia hieß sie. Wir aßen stumm. Ich glaube, wir haben nicht drei Worte miteinander gewechselt. Beide waren wir schüchterne Menschen. Ich bezahlte, und als Amelia sich bedankte, geschah es wieder, war es wieder da. Das Licht. Jenes unbeschreibliche Licht, das mich als Junge so erschüttert hatte. Da war es wieder. In den Augen dieses Mädchens. Ich fing an zu zittern, und die Schweißperlen traten mir auf die Stirn. Plötzlich musste ich weinen.

Wie konnte das sein? Amelia war ein aufgeräumtes, fröhliches Mädchen. Ihre Gedanken waren leicht wie Schneeflocken. Sie war nicht im Unfrieden mit sich oder verbittert. Niemals! Aber es war genau das gleiche Licht wie in den Augen meines sterbenden Vaters.

Ich war verliebt bis über beide Ohren. Wir trafen uns noch oft, hatten leichte, hatten schwere Gespräche, unternahmen vieles gemeinsam, lachten und weinten zusammen. Sie war in ihrer seelischen Unversehrtheit die schönste Person, die mir jemals begegnet ist. Ich fragte sie, ob sie sich vorstellen könnte, meine Freundin zu werden. Amelia antwortete, dass sie sich noch nicht erwachsen genug fühle, um so eine wichtige Entscheidung treffen zu können. Sie brauche Zeit. Die gab ich ihr anstatt mir. Das Furchtbare in der Liebe ist die Hoffnung. Sie bringt den Menschen von sich weg, doch die Erfüllung vollzieht sich in ihm selbst.

Ich wartete also auf Amelia zwei Jahre lang und wusste nicht, dass ich in Wahrheit auf mich wartete. Das Studium neigte sich dem Ende zu. Ich stand vor einer großen, lebenswichtigen Entscheidung. Entweder mich zum Priester weihen zu lassen oder zu heiraten. Beides war gleichbedeutend für mich. Darum wagte ich noch einmal an Amelia heranzutreten. Ich machte ihr einen Heiratsantrag. Sie blickte mich sehr ernsthaft an, schwieg und sagte schließlich, dass sie sich noch immer nicht erwachsen genug fühle. Ich nickte und wartete. In jener Zeit dachte ich oft an Vater: ›Auf den Willen kommt es an, nicht auf das Wasser.‹

Rom ist klein. Etwa drei oder vier Monate später sah ich Amelia zufällig vor einem Blumenladen stehen. Aus dem Blumenladen trat ein hübscher, hochaufgeschossener Mann. Er war mir auf Anhieb sympathisch. Er hatte eine vornehme, sehr elegante Art. Dieser Mann schenkte ihr eine Orchidee. Amelia bedankte sich mit ihrem unvergleichlichen Lächeln und gab dem Mann einen innigen Kuss auf den Mund. Da wusste ich, dass sie erwachsen geworden war. Es tat weh, sie erwachsen zu sehen. Es tat unbeschreiblich weh. Aber ich war auch plötzlich glücklich in dem Moment.

Erst viele Jahre später, ich arbeitete bereits im Sekretariat des Erzbischofs von Turin, begriff ich, was es mit dem Licht in Vaters und in Amelias Augen auf sich hatte. Es war mein eigenes Augenlicht. Ich hatte mich nur gespiegelt. Gespiegelt in den Augen der Menschen, die mein Herz am tiefsten berührt haben.

Heute glaube ich nicht mehr, dass unser Leben eine Frage des Willens ist. Fast achtzig Jahre musste ich werden, um das zu begreifen. Ich habe gelernt, dass ich niemandem helfen kann, niemanden trösten und niemandem die Tränen abtrocknen. Ich habe begriffen, dass Liebe und Verzweiflung Dinge sind, wofür weder Menschen noch Religionen auf dieser Welt eine Erklärung haben. Ich habe begriffen, dass man den Schmerz und die Liebe nicht erklären kann. Sie sind Bruder und Schwester, und sie kommen vielleicht aus ein und derselben unerforschlichen Dunkelheit. Aber erklären kann man sie nicht. Man muss sie aushalten lernen. Aushalten, ohne daran zu zerbrechen. Das ist schon viel. Sehr viel.

Weißt du, die Leute glauben immer, sie könnten den andern vor seinen Fehlern beschützen, vom Schmerz erlösen, von der Liebe, von Ideologien und Religionen. Endlos reden sie aufeinander ein und reden sich dabei gegenseitig immer kleiner.

Oh, ich sehe, dass ich dich ermüdet habe«, sprach Papst Silvester IV. zu Loredana, erhob sich vom Stuhl und öffnete eines der mächtigen Fenster seines Gemachs.

»Gar nicht!«, sagte das Mädchen abwesend. »Das Gähnen ist normal, wenn man erwachsen wird.«

»Ich glaube, wir sollten jetzt doch in der Schule anrufen, damit ...«

»Pa-apst.«

»Ja, Loredana?«

»Du bist ein Lieber.«

Der alte Mann lächelte, legte die Hand aufs Herz und verneigte sich vornehm. Loredana rutschte vom Sessel und hüpfte auf einem Bein zum geöffneten Fenster.

»Ich möcht auch hinausschauen!«

»Freilich!«, schmunzelte der Papst und griff nach dem Stuhl. »Ich helfe dir, wenn du gestattest.«

»Die Kolonien!«, rief Loredana aus und mochte sich nicht satt sehen an dem Panorama, das man von hier aus genießen durfte.

Sie blickten lange auf die Stadt hinaus, in der allenthalben einige Lichter aufblitzten. Es regnete aus dickbäuchigen Wolken. Der Papst hatte Loredana dieses und jenes zu erklären, und er tat es mit Geduld und Ausführlichkeit. Einmal musste er laut auflachen, als sie vom andern Ufer des Tibers sprach und von einer Buttermafia. Im Übrigen war ihm nicht wohl dabei, als sich der Naseweis so kühn über die Brüstung hinauslehnte. Ihm zitterten die Hände, und sie waren bereit für den Fall der Fälle. Als ihr die Aussicht langweilig wurde, sprang sie vom Stuhl und verließ ohne ein Wort das Zimmer. Die Tür fiel krachend zu. Der Papst schloss das Fenster und wurde nachdenklich. Wieder hatte er beobachtet, dass in dem Kopf des Mädchens etwas rumorte, und zwar schon die längste Zeit. Zurückhaltend, wie er war, wagte er nicht, Loredana darauf anzusprechen. Auch nicht, als sie wieder zurückkam, die Hände in die Hüfte stemmte und ihn mit einem Grinsen anblinzelte.

»So, was machen wir jetzt?«

»Was schlägst du vor?«

»Geschichten mag ich keine mehr.«

»Keine Geschichten mehr.«

»Wir könnten … wir könnten die doofe Frau mit den Bergschuhen ärgern.«

»Ach, Loredana.«

»Oder dein Zimmer aufräumen. Was sein muss, muss sein.«

»Mein Zimmer aufräumen? Aber wo anfangen?«
»Zuerst einmal die Ärmel hochkrempeln. Schau, so!«
»Richtig so?«
»Ich lass es gelten, weil du es bist.«
»Und nun?«
»Ich muss überlegen. Also ... Das ganze Papier kommt in diese Ecke. Das ist die Papierecke.«
»Meinst du, das ist sinnvoll?«
»Hast du einen besseren Vorschlag?«
»Nun ja. Es gibt Papiere, die erledigt sind, und welche, die nicht erledigt sind. Ich meine, das wird ein heilloses Durcheinander.«
»O Mann, dann machen wir halt zwei Stöße! Erledigt hier. Nicht erledigt dort. Was ist das?«
»Darf ich mal sehen? ... Eine ... Seligsprechungs-

akte. Frau Burgmair aus Bayern. Sie hat im neunzehnten Jahrhundert …«

»Erledigt oder nicht erledigt?«

»Wenn ich ehrlich bin … nicht erledigt.«

Und schon werkte Loredana drauflos, packte das Konvolut und trug es in die Ecke.

»Das?«

»Das? … Ah ja! Ein Dossier von der Römischen Rota. Nicht erledigt.«

»Und das grüne?«

»Mmmh … Von der Apostolischen Pönitentiarie. Leg's auch dazu.«

Loredana lief wieder in die Ecke und schichtete die Akten aufeinander. Eine Weile ging das so hin und her, doch plötzlich – der Papst merkte es gar nicht, da in Anbetracht des Unerledigten das schlechte Gewissen an ihm nagte – wurde es totenstill in dem Zimmer. Als er verwundert aufblickte und das Mädchen suchte, kniete es reglos in der Ecke.

»Loredana?«, fragte er leise.

Sie gab keine Antwort. Er trat zu ihr hin. Sie blickte zu ihm empor. Da fuhr ihm der Schrecken in die Glieder. Er gewahrte – so kam es ihm vor – ein junges Gesicht mit einem alten Schmerz, und dass die Wangen des Mädchens von Tränen benetzt waren.

»Kind«, flüsterte er fast unhörbar.

»Geh weg!«, wimmerte Loredana.

Er blieb stehen und sah ihr in die Augen.

»Geh weg! Geh weg!«, schrie sie so laut, dass sich die Stimme überschlug. Und schrie es wieder und wieder. Ihr Antlitz war voller Zorn und dunkelrot.

Er aber blieb und sah sie an.

»Geh weg!!«, kreischte Loredana ohrenbetäubend. Dann fing sie hemmungslos zu schluchzen an.

Der schmächtige, alte Mann blieb. Blieb aufrecht stehen, sah das Mädchen stumm und ohnmächtig an. Die linke Hand zitterte ihm derart heftig, dass er sie festhalten musste. Sein Gesicht wurde kalkweiß.

»Geh weg!«, flehte sie.

Er sagte kein Wort und verließ das Zimmer.

Loredana mochte sich nicht beruhigen. Episoden untröstlichen Weinens, gefolgt von apathischen Augenblicken, wechselten einander ab. Auch der Zorn flammte immer wieder auf.
Papst Silvester IV., der einmal über sein Pontifikat die irreführende Bemerkung gemacht hatte, dass es sich durch Ratlosigkeit ausgezeichnet habe, wartete im Flur, den Rücken an die Wand gelehnt. Er fühlte eine Ohnmacht in sich, die ihm beinahe den Hals zuschnürte.
Unter Ratlosigkeit verstand er nicht Tatenlosigkeit, wie sich seine Gegner ausdrückten. Die Fähigkeit zur Ratlosigkeit sei ein kostbares, wenn auch zermürbendes Gut, rechtfertigte er sich. Und bei seiner ersten, legendär gewordenen Ansprache auf der Benediktionsloggia von St. Peter verkündete er, dass man mit ihm keinen Mann für schnelle Erfolge habe. So gesehen sei er kein Kind dieser Zeit und wolle es auch nicht sein. Vieles an der katholischen Kirche sei alt geworden, sterbensalt,

sagte er wörtlich. Er hege jedoch nicht im Geringsten die Absicht, dieser Greisin mit Namen Kirche das Leben um jeden Preis zu verlängern. Er habe kein Mittel, er sei kein Alchimist. Mit allen Christen, die nicht müde würden, die mutigen Fragen des Lebens lieb zu haben, wolle er am Totenbett dieser geachteten wie verhassten Greisin ausharren. So drückte er sich aus.

Die Rede hatte damals weltweites Aufsehen erregt, betroffen gemacht und schockiert. Der Papst war selber darüber erschrocken. In seinen späteren Ansprachen befasste er sich immer wieder mit den inneren Prozessen der menschlichen Ohnmacht. Es waren poetische Elaborate von brennender Ernsthaftigkeit, aber das öffentliche Interesse erkaltete bald. Schließlich folgten die Jahre der Stille, denn der Papst reiste nicht, ließ sich ungern fotografieren, schrieb keine spektakulären Enzykliken oder päpstliche Noten und berief auch kein Konzil ein. Unter Freunden scherzte er bisweilen, dass er das unauffälligste Pontifikat bekleidete, das je ein Papst innehatte.

Das Kind blieb mit sich allein. Dann öffnete es die Tür und spähte hinaus.

»Ich hab gewusst, dass du nicht weggehst.«

»Das hätte ich niemals gemacht, Loredana.«

»Wieso kommst du nicht rein?«

»Gern.«

»Weißt du, Papst, Mädchen sind manchmal eigenartig. Aber eine Hasenrosa bin ich deswegen keine. Die heult wegen jedem Fliegendreck.«

»Das Weinen ist keine Schande, Loredana.«

»Ich find's doof.«

»Dein Vater fehlt dir sehr, nicht wahr?«

»Eigentlich nicht.«

»Wie heißt er?«

»Gerardo Felice.«

»Gerardo.«

Der Papst nahm eine Prise Schnupftabak. Im selben Moment klopfte es an der Tür. Er blickte auf, dann in Loredanas Gesicht, überlegte, lächelte und führte den Zeigefinger an die Lippen. Es klopfte

erneut, allerdings zögerlich. Der Papst und das Mädchen blickten sich verschwörerisch an, harrten aus, bis das Klopfen aufhörte.
»Das war bestimmt die Frau mit den Bergschuhen«, tuschelte Loredana.
»Ich nehme es an«, sagte er und schaute dabei auf die Uhr. Er schwieg eine Weile. Man spürte, dass er mit einem Gedanken beschäftigt war. Er genehmigte sich noch einmal eine Prise Tabak.
»Loredana, was wäre, wenn jetzt … dein Vater an der Tür geklopft hätte?«
Darüber war die Kleine so perplex, dass sie ganz mechanisch zur Tür rannte, sie aufriss und nachsah. Aber da war nichts. Nichts als ein endloser, gähnend leerer Flur. Enttäuscht kehrte Loredana zurück und setzte sich mit trotzigem Gesicht in den Sessel.
»So erging es mir oft, auch als ich damals auf Amelia wartete. Immer dachte ich, dieses Klingeln an der Tür ist ihr Klingeln. Das muss sie sein! Das ist sie! Ganz bestimmt! Immer wartete ich auf einen Brief. Die Briefe, die ich wirklich bekam, bedeuteten mir nichts. Nicht einmal die Briefe meines Bruders. Ein Brief fehlte. Der Brief. In meinen Augen war das Postfach immer leer. Immer musste die Hoffnung sterben lernen.«

»Ich weiss, dass mein Papa zu mir zurückkommt. Du willst nicht, dass mein Papa zu mir zurückkommt. Aber er kommt zurück. Du bist bloß neidisch!«

»Das ist nicht dein Ernst.«

»Doch! Und du bist gemein. Ich mag sowieso nicht mehr mit dir reden. Außerdem ist es hier total langweilig. Ich will nach Hause!«

»In Ordnung, Loredana.«

Der Papst griff unverzüglich zum Telefonhörer.

»Mit Papa wird mir nie langweilig. Und er redet mir kein Loch in den Bauch. Wie duuu!«, sprach sie aufgebracht. »Ich weiß, dass er zurückkommt. Aber das kannst du nicht verstehen, weil du zu alt bist. Er muss die ganze Woche mit dem Auto herumfahren. Durch ganz Italien. Er muss Geld verdienen für Mami und mich. Aber bald hat er Geld genug, und dann kommt er zu mir zurück ...«

Der Papst ließ den Hörer sinken.

»... Dann werden ich und Mami einen Kuchen backen. Und ich werd ihn verzieren. Ich weiß schon, was ich draufschreibe. Willst du's wissen? Nein, ich sag's dir nicht. Oder ich sag's doch: Für meinen allerliebsten Papi. Wenn der Platz nicht reicht, schreibe ich: Für meinen liebsten Papi. Und danach fahren wir in den Zoo, zu den Nilpferden und zu den Orang-Utans. Das ist so lustig, wenn er ein Nilpferd nachmacht. Er kann alle Stimmen nachmachen. O Mann! Das musst du mal sehen! Du würdest dir den Bauch halten vor Lachen. Und dann gehen wir Eis essen, wo wir immer Eis essen gegangen sind. Und Papi kauft zwei weiße Nelken. Eine für mich und eine für Mami. Dann aber rasch nach Hause und die Aufgaben gemacht, damit er eine Freude hat und sich nicht ärgern muss. Und ich werd auch nie mehr ungeduldig sein, wenn er fernsehen will. Nie mehr! Und ich werd ihn nie mehr etwas fragen, wenn er mit der Abrechnung zu tun hat. Da darf man nicht stören, das verstehe ich. Und dann räum ich mein Zimmer auf. Das freut ihn so. Und der Mami helf ich, wo ich kann. Dann schlüpf ich in mein Nachthemd und putz die Zähne, ohne dass er lang zu betteln braucht. Dann husch ich ins Bettchen und mach das Licht aus. Dann kommt er zu mir ins Zimmer und freut sich, dass ich das Licht schon ausgemacht hab. Dann setzt er sich ein wenig zu mir und krault mir den Nacken. Weißt du, dann schlaf ich sofort ein, wenn man mir den Nacken krault. Oder er erzählt mir, wie es mit Biggs und Baggs weiterging. Das ist so spannend! Und am Morgen spring ich aus den Federn und mache das Frühstück ganz allein. Und ich mal noch was Schönes. Das versteck ich in der Serviette, weil es ja eine Überraschung werden soll. Und wenn ich ganz brav bin und immer tue, was mein Papa will, dann streitet er sich auch nicht mehr mit der Mami.«

Ihre Augen leuchteten vor Begeisterung, das Gesicht war knallrot und erhitzt. Schweiß glitzerte auf der Stirn. Loredana war so außer Atem, dass sie nach Luft ringen musste, denn sie hatte das Gesagte auch noch mit eindringlichen Gesten unterstrichen. Aber sie wollte sich nicht verschnaufen, sondern von ihrer Vision erzählen, als der Blick zufällig das Antlitz des alten Mannes berührte. Loredana stutzte.

»Warum schaust du mich so an?«

»Ich wünsche dir von ganzem Herzen, dass sich

deine Worte erfüllen«, gab er zur Antwort und nahm dabei eine aufrechte Haltung ein.
»Ach, du willst mich einfach nicht verstehen!«
»Das ist es ja! Ich verstehe dich nur zu gut! Ich will ... ich hoffe ... ich ... mir fehlen die Worte.«
Er schwieg. Auch Loredana schwieg.
»Ich will es noch einmal versuchen!«, begann er wieder zu reden, und in der Stimme lag beinahe etwas Zorniges. »Ich erzähle dir eine Geschichte ...«
»Ich will aber keine Geschichte mehr!«
»Gib mir noch eine Chance! Ich bitte dich von ganzem Herzen darum!«
»Papst, du bist sooo ... kompliziert, das hält man im Kopf nicht aus!«
»Loredana, eine letzte Chance.«
»Wenn's dich glücklich macht«, sagte sie und verschränkte trotzig die Arme.
»Danke.«
»Aber kurz.«
Papst Silvester IV. verbeugte sich, lächelte und erzählte dem Mädchen die Geschichte vom Wunder in Termini:

Es ist nicht lange her, da gab es im Hauptbahnhof eine große Aufregung. Ein Wunder sei geschehen, hieß es. Zu Tausenden strömten die Menschen nach Termini. Aus allen Winkeln der Stadt kamen sie, aus den Vororten, ja sogar aus anderen Städten und Dörfern. Arme und Reiche kamen, Junge und Alte, Gesunde und Kranke. Das ging so weit, dass ein fahrplanmäßiger Zugverkehr nicht mehr möglich war. Schließlich brach überhaupt der ganze Verkehr in und um Termini zusammen. Die Zeitungen berichteten ausführlich von dem Fall, Fernsehen und Radio ebenso, was zur Folge hatte, dass noch mehr Leute in den Hauptbahnhof drängten. Sogar unser verschlafener *Osservatore* würdigte die Sache mit einer kurzen, wenn auch ironischen Notiz.

Auch Renzo der Tischler erfuhr von dem geheimnisvollen Vorfall in Termini.

›Weißt du‹, sagte er, als er die Zeitung zusammenfaltete, ›mir kommt es langsam vor, als ob die Leute von Tag zu Tag hysterischer werden.‹

Das sagte er zu seiner jungen Frau, die mit hohem Fieber daniederlag und seit drei Tagen alles, was sie zu sich nahm, gleich wieder erbrach. Das sagte er zum Neugeborenen, das in ihrer Armbeuge kauerte, ein krebsrotes Gesicht hatte und immerzu weinte. Er sagte es zu dem Schäferhund, von dem sich die Kranke nicht trennen wollte und der ihr mit seinem Fell die Füße wärmte. Und er sagte es schließlich zu sich selbst, als müsste er sich rechtfertigen, weil er nicht wie die Nachbarn alles stehen und liegen gelassen hatte, um das Wunder von Termini zu sehen.

Renzo entfachte ein Streichholz, zündete eine Kerze an und hielt die klammen Finger über die Flamme. Es war ein ungewöhnlich kalter Wintertag. Die Zeitung schrieb vom kältesten Winter, den Rom jemals erlebt hatte. Renzo betrachtete Frau und Kind. So vieles ging ihm durch den Kopf, und er fing an, sein elendes Leben zu hassen und zu verdammen.

Damit konnte man wirklich nicht rechnen, dass die E-Werke den Strom abdrehen würden. Ohne Vorwarnung! Gut, mit Geldangelegenheiten hielt er es nicht so genau. Aber bezahlt wurde immer, gewöhnlich drei Wochen nach der allerletzten Mahnung. Dann kam nämlich die kritische Phase. Das hatte er im Gefühl. Es war noch jedes Mal gut ausgegangen. Er beobachtete wieder das schmerzverzerrte Gesicht seiner Frau, und das ewige Wimmern des Säuglings wurde ihm zur Qual.

›Gino hat gesagt, wenn man nicht wie die anderen in den Hauptbahnhof geht und zu dem U-Bahn-Schacht hinuntersteigt, ist man selber schuld, und man bleibt ein verlorener Mensch. Irgendwas mit Gnade hat er gefaselt. Ein gnädiger Bruder ist das, der mich so hängen lässt!‹

Vanda, seine Frau, wandte sich enttäuscht von ihm ab, denn sie versprach sich viel von dem Geheimnis im Bahnhof. Das brach Renzo dem Tischler fast das Herz, denn er liebte Vanda sehr. Mehr, als er es jemals durch Worte hätte sagen können. Er fühlte sich schlecht, bekam Gewissensbisse und wurde zornig.

›Was soll ich tun? Soll ich euch allein lassen? Willst du das? Ich weiß nicht, wie lange ich weg sein werde. Und dann die endlose Menschenschlange. Was ist, wenn der Kleine wieder keine Luft kriegt und ich nicht da bin?‹

Er nahm sich zusammen und redete ruhiger.
›Jetzt hör mir mal zu, Vanda. Kometen oder so was hat es immer schon gegeben. Da gab's mal eine Sendung im Fernsehen. Einmal hieß es, die Welt geht unter. Einmal, die Sonne explodiert. Bum! Einmal kam der Sohn Gottes zur Welt, einmal kam die Pest. Ich fresse einen Besen, wenn der Komet ausgerechnet über dem Hauptbahnhof steht. Der steht rein zufällig am Himmel. Den sieht man auch in England und überall. Er leuchtet über unserm Haus, über Ginos Haus, über allen Dächern. Leider auch über dem E-Werk.‹
Als er zu Ende gesprochen hatte, verstummte plötzlich der Säugling. Renzo konnte es gar nicht glauben, aber der Junge war tatsächlich eingeschlafen und atmete jetzt ruhig. Endlich konnte auch Vanda ein wenig Ruhe finden, und gegen Nachmittag hin schlummerten beide tief und fest. Renzo überlegte, ob er sich nicht auch ein wenig hinlegen sollte und kratzte sich am Bart. Die Augenlider wurden ihm schwer. Andererseits gingen ihm zu viele Gedanken durch den Kopf.
Was, wenn die Leute wirklich Recht hatten? Was, wenn es tatsächlich noch Wunder gab? Und ausgerechnet in Rom, vor der eigenen Haustür sozusa-

gen. Man wär ja schön blöd, sich das entgehen zu lassen. Seine grünen Augen blitzten schelmisch auf.

Da beschloss Renzo, sich auf den Weg zu machen, um sich eine eigene Meinung von der ganzen Sache zu bilden. Er schlich sich aus der Wohnung und nahm den Bus in Richtung Hauptbahnhof. Auf der Fahrt dorthin musste er an die sich widersprechenden Aussagen denken, die er bezüglich des Wunders in Zeitungen und sonst wo aufgeschnappt hatte.

Da gab es Leserbriefe, die ihre maßlose Enttäuschung über Termini kundtaten. Ein Kellner berichtete allerdings, dass er sich danach wie neugeboren fühlte, und eine Studentin schrieb, sie sei erst im U-Bahn-Schacht von Termini wirklich zur Welt gekommen. Ein Rechtsanwalt habe noch am gleichen Tag sein Bankkonto aufgelöst, sei auf einen Kirchturm gestiegen und habe singend und mit zitternden Händen die Scheine herabschneien lassen. ›Zu dumm, dass ich nicht dabei war!‹, grummelte Renzo in seinen Bart hinein.

Endlich kam er in Termini an, das heißt weit davor, denn die letzten Kilometer musste er zu Fuß gehen, weil anders kein Fortkommen mehr war. Geduldig stellte er sich in die Menschenschlange. Gegen drei Uhr morgens war er endlich selbst an der Reihe, nicht ohne sich vorher gegenüber der städtischen U-Bahn-Betriebsgesellschaft erkenntlich zeigen zu müssen. Er gab, was er hatte. In Italien kosten die Wunder bekanntlich Geld.

Man drückte ihm eine Taschenlampe in die Hand. Er stieg in den Schacht und tat, wie ihm geheißen worden war. Renzo gelangte in einen von kargem Neonlicht beschienenen Tunnel und schließlich an die besagte Fluchttür, von der es hieß, dass er sie sachte öffnen müsse. Es war unheimlich still. Renzo trat an die Tür und lauschte. Zuerst hörte er nichts, bloß seinen eigenen Puls, denn er hatte gewaltiges Herzklopfen. Dann vernahm er einen Laut. Etwas von einem Wimmern oder so ähnlich. Kein Zweifel, da war jemand hinter der Tür. Renzo spitzte die Ohren und vernahm es wieder ganz deutlich: ein Weinen. Mit allem Mut, den er aufbrachte, drückte er die Türklinke behutsam runter. Stockfinster war es drin.

Was immer sich dort verbergen mag, dachte Renzo der Tischler, und sollte er dem Teufel persönlich begegnen, er würde ruhig bleiben, langsam und deutlich sprechen. Denn er hatte zwei Wünsche.

Gesundheit für Vanda und den Jungen und Gratisstrom auf Lebenszeit. Er nahm die Taschenlampe und leuchtete hinein.
Da lag eine junge Frau. Sie schien krank zu sein, jedenfalls hatte sie ein schmerzverzerrtes Gesicht. Sie wandte sich weg, als der Lichtkegel ihr Antlitz traf. In der Armbeuge kauerte ein Neugeborenes. Es hatte ein krebsrotes Gesicht und weinte immerzu. Ein Schäferhund wärmte der Kranken mit seinem Fell die Füße. Jemand entfachte ein Streichholz. Renzo der Tischler erschrak fürchterlich. Ein bärtiger Mann seines Alters zündete eine Kerze an und hielt die klammen Finger über die Flamme.«

Nachdem Papst Silvester IV. seine Erzählung beendigt hatte, wunderte er sich darüber, wie finster es zwischenzeitlich in dem Zimmer geworden war. Der frühe Abend war angebrochen, und die Dämmerung tauchte alles in ein schemenhaftes Dunkel. Er wunderte sich auch darüber, wie sehr er sich in seiner Geschichte hatte verlieren können, ohne zu merken, dass seine kleine Freundin eingeschlafen war. Zusammengesunken saß sie in dem mächtigen Sessel. Der Kopf war auf die Schulter gefallen, ein Ärmchen hing schlaff von der Lehne herab.

Der Papst ging auf leisen Sohlen zur Tür und knipste das Licht an. Das Antlitz des Mädchens lag ruhig und friedvoll. Ihr Atem ging regelmäßig, und der Schlaf schien sie in Besitz genommen zu haben. Der Papst versenkte sich in den Anblick des schlummernden Kindes. Plötzlich brannte eine unmenschliche Sehnsucht in seinem Herzen. Ein

wortloser Schmerz würgte ihn, und der Papst wusste nicht, weshalb.
Musste ihn ausgerechnet dieser kleine Mensch daran erinnern, dass die Hoffnung in ihm noch immer nicht gestorben war? Warum konnte er nicht ertragen, dass dieses Mädchen ihre Hoffnung verteidigte? Um jeden Preis. Warum konnte er das nicht ertragen? Weil er mit seinen achtzig Jahren selber noch an der Hoffnung hing wie ein Kind? War es das? Weil er immer noch glaubte, den Menschen ihr Leid ersparen zu können, und dadurch sich selbst? War das der Grund?
Er setzte sich an den Schreibtisch, nahm den Zettel mit Loredanas Adresse zur Hand und begann zu telefonieren.
»Liebe Schwester Oberin, ich habe eine Bitte. Rufen Sie meinem kleinen Gast ein Taxi. Es soll beim Arco delle Campane warten … Ja, ein ganz gewöhnliches Taxi. Und sagen Sie, ist Pater Giannantonio schon zurück? … Gut. Er soll kommen. Und bitte lassen Sie mich wissen, wenn das Taxi unten steht … Nein, sonst nichts. Oder doch! Wie sieht es mit den restlichen Terminen aus? … Gut … Ja … Um halb acht. Ich werde dort sein … Ich danke Ihnen recht herzlich.«

Er legte den Hörer auf. Da schoss ihm ein Gedanke in den Kopf. Unverzüglich wählte er die Nummer von Schwester Gemma.

»Jetzt bin ich's noch einmal. Entschuldigen Sie. Bestellen Sie kein Taxi ... Ja ... Es wird Sie vielleicht etwas befremden, worum ich Sie nun bitten werde, aber ich meine es ernst. Rufen Sie drüben im Fuhrpark an. Man soll das Papamobil vorfahren lassen. Es wird meinen Gast nach Hause bringen. Die Adresse werde ich Pater Giannantonio mitteilen ... Sind Sie noch da? ... Schwester Gemma?«

Als Schwester Oberin und Pater Giannantonio das päpstliche Arbeitszimmer betraten – sie schlichen herein wie Diebe –, war auf beiden Gesichtern die allerhöchste Besorgnis zu lesen. Keiner von beiden wagte es, auch nur ein Wort zu sprechen, sondern sie blickten einander die ganze Zeit sehr vielsagend an und bemühten sich, den Augen des Heiligen Vaters auszuweichen. Dieser versuchte wiederum, die Anspannung durch einen belanglosen Scherz zu entkräften, aber es gelang ihm nicht. Er spürte, dass ihn die beiden – gelinde gesagt – für verrückt hielten.

Vorsichtig, wenn auch etwas ungeschickt, hob der kleine, alte Mann das Mädchen auf und half, es anzukleiden. Das ließ er sich nicht nehmen. Loredana schien nichts von alledem zu merken. So tief schlummerte sie. Als sich der Papst noch einmal über ihr Gesicht beugte, um ein Kreuzzeichen auf die Stirn zu machen, roch er ihr Haar. Und es war ihm, als sei er wieder Nello der Floh. Als sei er plötzlich daheim in der Kammer bei seinen Brüdern und rieche den Duft von Mutters glattem Haar.

Er übergab das Kind in Schwester Gemmas und Pater Giannantonios Obhut. Letzterem drückte er den Zettel mit der Adresse in die Hand und erteilte die Anweisung, man solle das Kind wohlbehalten dort abgeben. Man solle sagen, es habe sich bei einem Schulausflug im Vatikan verlaufen. Es sei ihm nichts geschehen. Es sei nur sehr überanstrengt von den Aufregungen des Tages. Pater Giannantonio und Schwester Gemma nickten gleichzeitig. Dann verließen sie mit der Schutzbefohlenen das Zimmer und hatten noch immer keine Silbe gesprochen.

Der Papst nahm eine Prise Schnupftabak, blickte um sich, und es kam ihm vor, als sei er noch nie so allein gewesen in diesem Zimmer. Er vermisste das Mädchen schon jetzt. Er vermisste die wachen, blauen Mandelaugen, den hellen Ton ihrer Stimme, die entwaffnende Direktheit und ihre altklugen Kommentare.

Er ging ein paar Schritte auf und nieder. Dann löschte er das Licht und trat ans Fenster. Er blickte auf den Petersplatz hinunter. Die Lichter im großen Christbaum – ein Geschenk kanadischer Förster – schimmerten paradiesisch schön.

Und wieder musste Papst Silvester IV. daran denken, wie wenig er doch das Leben gemeistert hatte, wie armselig er der eigenen Ohnmacht gegenüberstand. Hatte er nicht jahrzehntelang gepredigt, dass Schmerz und Liebe die göttlichen Geheimnisse im Menschen seien, an die kein anderer Mensch rühren dürfe? Hatte er nicht gepredigt, dass man niemandem helfen, niemanden trösten und niemandem die Tränen abwischen könne? Aber was man beschwört oder mit feurigem Eifer ablehnt, ist die eigene Verletzung. Das Gegenüber ist immer ein Spiegel.

»Ja«, flüsterte er, »es ist nicht eine Frage des Willens. Es ist nicht einmal eine Frage des Wassers. Und ihr da draußen glaubt, dass der Papst es wissen müsste. Er ist genauso ratlos wie ihr … Ach, Nello, du Floh!«

Es pochte leise an der Tür. Der Papst musste jäh an Loredanas Vater denken. Er rückte das Scheitelkäppchen gerade und atmete kräftig durch.
»Kommen Sie nur herein, Schwester Gemma!«

Sind Sie Frau Felice?«, fragte einer der beiden dunkel gekleideten Herren in höflichem Ton, als Loretta die Wohnung öffnete.
»Loredana! Mein Gott, da bist du endlich!«, rief die Mutter und entriss dem anderen Herrn das schlafende Kind. Loredana erwachte.
»Wir bringen Ihnen die kleine Ausreißerin zurück«, sagte der, der ein auffällig grobschlächtiges Gesicht hatte.
Loretta wusste sofort, dass es sich bei den Männern um Sicherheitsleute handeln musste. Sie wiesen sich auch umgehend als solche aus und zeigten ihre Dienstmarken. Die Hasenrosa bestand darauf, die Marken genauer zu inspizieren, denn sie hatte ja Erfahrung mit derlei Dingen. Auf der Vorder-

seite war das päpstliche Wappen abgebildet, auf der Hinterseite ein Name und eine Zahl eingraviert. Die Marken waren schwer, und das überzeugte die Hasenrosa.

»Die Typen sind sauber. Kannst sie reinlassen«, sagte sie zu Loretta.

Nach Loredanas Verschwinden war die Hasenrosa nämlich zur Lehrerin gegangen und hatte gebeichtet. Die ganze Klasse hatte zwar nach der Vermissten gesucht, sie aber nicht gefunden. Man telefonierte im Vatikan herum, wurde aber ein aufs andere Mal vertröstet. Daraufhin hatte man beschlossen, bis zum Einbruch der Dunkelheit zu warten und dann eine Vermisstenanzeige aufzugeben. Die Hasenrosa, die ja im selben Haus wohnte, ließ es sich nicht nehmen, in der Wohnung der Felices zu warten.

Loredana kehrte genau zur rechten Zeit zurück. Eine halbe Stunde länger, und Loretta hätte sich nicht mehr beruhigen lassen, weder von Nilo noch von der Hasenrosa, noch von Tabletten.

Nun, die Kleine rieb sich den Schlaf aus den Augen und verlangte zuallererst ein Schinkensandwich. Die freundlichen Männer aus dem Vatikan wurden von Nilo Fanelli ins Wohnzimmer gebeten. Bei ei-

nem Gläschen Martini - der Grobschlächtige war strikter Nichttrinker - erfuhr man Genaueres. Obwohl Loretta ihr Töchterlein mit unzähligen Fragen löcherte, schwieg es hartnäckig. Als die Mutter noch immer kein Einsehen hatte, knallte die Tür. Wäre Nilo nicht so geistesgegenwärtig gewesen, der eben erst geflickte Elvis wäre wieder aus dem Regal gesprungen. Das Mädchen kam für diesen Abend nicht mehr zum Vorschein.
Am nächsten Morgen kursierte in der Nachbarschaft ein Gerücht, über das viele lachten oder den Kopf schüttelten. Mehrere Personen wollten das Papamobil in der Via Fonte Buono gesehen haben. Sie konnten es zuerst nicht glauben, aber es habe dort gestanden, so wahr man jetzt hier stehe. Auch Loredana erfuhr durch die Hasenrosa von dem Gerücht. Da war sie doch sehr enttäuscht und mehr noch verärgert. Wie hatte sie das nur verpennen können!

Wir haben einen Vater

Der Frühling überfiel die Ewige Stadt, von einem Tag auf den andern, ja beinahe von einer Stunde auf die andere. Am Vormittag war es noch recht frisch gewesen, am Nachmittag trugen die Männer schon kurzärmelige Hemden und die Frauen Sommerkleider. Mit einem Mal leuchtete die Stadt in allen nur erdenklichen Farben, und auf den Gesichtern prangte Zuversicht.

Die Familie Felice nutzte diesen prächtigen Samstagnachmittag zu einem Ausflug in die Engelsburg. Man flanierte durch viele prunkvolle Säle bis hinab in die schauderlichsten Verliese, und Nilo wusste zu jedem Raum eine neue, noch haarsträubendere Geschichte zu erzählen. Das war sehr aufregend. Loredana konnte nicht genug kriegen. Von berühmten Gefangenen war die Rede, von spektakulären Hinrichtungen und wagemutigen Fluchtversuchen. Bis Loretta der Phantasie ihres Geliebten Einhalt gebot, denn das meiste war natürlich frei erfunden.

»Willst du, dass sie Alpträume bekommt?«

»Ach, Mama, du bist einfach zu sensibel für dieses Leben«, fuhr die Kleine dazwischen und wandte sich an den verdatterten Nilo. »Er hat echt den Kopf untern Arm genommen?«

»Wenn ich es sage! Der Henker war natürlich fix und fertig, wie du dir denken kannst. Er hatte ihm doch gerade das Haupt mit einem Streich abgeschlagen. Und jetzt grinste ihn der Gefangene an und sagte: ›Deine Sünden sind dir verziehen, mein Freund.‹ Das war zu viel. Der Henker sank auf die Knie und schrie: ›Ein Wunder, ein Wunder!‹ Dann weinte er wie ein kleines Kind. Dieser Muskelprotz.«

»Der hält auch nichts aus.«

»Du sagst es.«

»Und dann?«

»Dann bekehrte sich der Henker und wurde ein heiliger Mann und tat viele gute Werke. Aber der geheimnisvolle Gefangene spukt heute noch in diesen Mauern umher. Wenn du mal ganz still bist und die Luft anhältst, kannst du sein Schluchzen hören ... Hörst du's?«

»Jetzt reicht's aber, Nilo!«, empörte sich Loretta und verließ den Kerker.
Loredana rollte die Augen und zischelte, dass es wohl die Nerven seien. Dann folgten sie Hand in Hand der Mutter nach. Bei einem Glas Pernod in dem von Touristen hoffnungslos überfüllten Caffè Greco verflüchtigte sich schließlich Lorettas Ärger. Nilo besaß nämlich ein feines Gespür im Umgang mit den Launen seiner Geliebten. Er stachelte sie weder durch Blicke noch durch ironische Bemerkungen weiter auf, sondern schwieg einfach.
Der Abend sah die Familie, fast könnte man sagen, in trauter Dreisamkeit. Loredana war mit den Hausaufgaben zugange. Ziemlich lustlos und unkonzentriert. Loretta stöberte in einem Modejournal und manikürte die Fingernägel. Nilo – er war Laborant in einem pharmazeutischen Unternehmen – exzerpierte Formeln und Zahlen aus einem dicken Buch.
»Du-u, Papa.«
»Ja, was ist denn wieder?«, antwortete er ungeduldig, murmelte eine Zahl, wiederholte sie und trug sie mit Bleistift in eine Spalte ein.
»Jetzt lass ihn doch endlich in Ruhe arbeiten!«, ermahnte Loretta ihre Tochter.

Nilo hob den Kopf auf und blickte Loredana an.
»Was ist?«
»Nichts«, erwiderte sie eingeschnappt.
»Sag schon.«
Loredana schwieg und steckte den Kopf in ihre Aufgaben. Aber es dauerte nicht eine Minute, bis ihr wieder eine Frage unter den Nägeln brannte.
»Fahren wir dieses Jahr ans Meer?«
Da riss auch Nilo beinahe die Geduld.
»Jetzt komm mal her zu mir. Na, komm schon! Gib mir deine Hand. Und schau mich an ... Loredana ... Ich muss dieses Buch studieren. Das ist sehr wichtig für meine Arbeit. Ich wünsche, dass du meinen Willen respektierst. Verstehst du das?«
Sie ließ den Kopf hängen und trottete wieder zu den Schulaufgaben. Eine Zeit lang ging die Sache gut. Bis sie erneut von ihrem Dämon übermannt wurde, der nach Aufmerksamkeit heischte. Da erhob sich Nilo Fanelli und packte sein Buch in die Aktentasche.
»Loredana, ich lasse mich nicht hinreißen, dir auch nur mit einem einzigen Wort wehzutun. Aber meine Freiheit werde ich verteidigen.«
Und er verließ die Wohnung.
Der Abend war gelaufen. Nilo kehrte etwa nach

zwei Stunden wieder zurück. Er wirkte entspannt und gelassen. Loretta berichtete ihm, dass das Mädchen noch immer wach liege und vor lauter Kummer nicht einschlafen könne. Er verfügte sich umgehend ins Kinderzimmer. Dort fand er eine Loredana vor, die mit verweintem Gesicht im Bett lag. Wortlos setzte sich Nilo auf die Bettkante und fing an, dem Kind den Nacken zu kraulen.

Der 24er hatte Verspätung. Irgendwie war es plötzlich leer ohne die Hasenrosa, dachte Loredana, die an der Haltestelle auf den Schulbus wartete. Sie fehlte ihr, obwohl sie nie recht mit ihr hatte warm werden können. Kein Wunder, dass sie von Zuhause ausziehen musste und in ein Heim gesteckt wurde. Jemand, der unentwegt heult! Denn die Weinkrämpfe waren von Woche zu Woche schlimmer geworden. Na, jetzt soll sie erst mal Ferien machen, sich erholen und mit dem Rauchen aufhören.

Der Platz in der Schulbank, wo die Hasenrosa gesessen hatte, blieb natürlich auch leer. Manchmal meinte Loredana, das aufdringliche Parfüm der Hasenrosa riechen zu können.
Die Lehrerin hatte an diesem Morgen das Klassenzimmer mit einem sehr ernsten Gesicht betreten. Sie verschränkte in typischer Weise die Arme auf dem Rücken und ging so lange auf und ab, bis es still geworden war.
»Setzt euch, meine kleinen Freunde!«, sagte sie mit einem bebenden Ton in der Stimme.
Da wusste man sogleich, dass etwas Wichtiges geschehen war.
»Vielleicht wisst ihr es schon. Vielleicht hat jemand heute Morgen schon Radio gehört. Gestern Nacht ist der Papst gestorben.«
Das Fräulein Corradi machte eine kunstvolle Pause und ließ den Blick feierlich von Gesicht zu Gesicht wandern.
»Wir erheben uns und beten ein Vaterunser.«
Nachdem die Kinder gebetet hatten, sagte sie, dass man aufgrund des aktuellen Ereignisses den Lehrstoff bis auf weiteres verschieben müsse. Er werde jedoch nachgeholt. Man solle sich nicht zu früh freuen.

»Legt also eure Rechenhefte weg. Wer von euch weiß, wie unser Papst hieß?«
Das wussten natürlich die meisten, und Teresa sowie ein paar andere Mädchen und Jungen schnalzten mit den Fingern.
»Loredana. Wie hieß unser verstorbener Papst?«
»Nello der Floh«, antwortete sie wie aus der Pistole geschossen.
Die gesamte Klasse fing an zu lachen. Grillo Azzetti lachte besonders laut. Er war übrigens zur verschnarchten Dorina Magrulli zurückgekehrt und stand Loredana seither feindselig gegenüber. Einmal war es zwischen den beiden sogar zur Rauferei gekommen, von der Grillo allerdings eine Bisswunde als Souvenir hatte davontragen dürfen.
Joan Corradi wartete geduldig, bis sich der Haufen wieder einigermaßen beruhigt hatte. Dann blickte sie verächtlich auf Loredana.
»Komisch find ich das nicht, Loredana Felice. Du wirst heute nachsitzen. Und ihr alle solltet euch schämen! Über einen Toten macht man keine Witze. Mag sein, dass Papst Silvester IV. ein schwacher Papst gewesen ist. Ja, ich bin sogar überzeugt, dass er ein schwacher Papst gewesen ist, weil er sich gegenüber den Problemen der

Gegenwart verschlossen hat. Er hat sich lieber im Vatikan verschanzt und hinter geistreichen Ansprachen, anstatt den Menschen zu begegnen und sich ihrer Sorgen und Nöte anzunehmen. Er war gewiss kein großer Papst. Ich meine das nicht im körperlichen Sinn. Dafür konnte er ja nichts. Ich meine es im übertragenen Sinn. Er hat der Kirche vielleicht mehr geschadet als gedient. Das lässt sich in Zahlen belegen. Wie die Radiosprecherin heute Morgen sagte, stiegen die Kirchenaustritte in Italien während seines Pontifikats fast um das Dreifache. Das muss man sich vorstellen! Es wird nicht viel von diesem Papst bleiben, da bin ich sicher. Man wird ihn rasch vergessen. Das zu sagen, ist kein Sakrileg. Wir können nur hoffen, dass sein Nachfolger ein Mann der Tat sein wird. Jemand, der sich der Realität stellt, auch wenn es noch so schmerzlich ist für die katholische Kirche … Was wollte ich eigentlich sagen? … Ja, richtig! … Über einen Toten darf man niemals lachen. Nehmt jetzt euer Merkheft heraus und schreibt diesen Satz hinein. Und du wirst nachsitzen, Loredana.«

Loredana muckte nicht auf, sondern schrieb gehorsam den Satz in ihr Merkheft hinein. Sie musste

an die silbrige Schnupftabakdose denken. Ein Schmunzeln glitt über ihre Lippen.
Die Lehrerin ging nun zum pädagogischen Teil der Stunde über, indem sie den Kindern lang und breit die Zeremonie einer Papstwahl schilderte. Da war die Rede vom Zumauern irgendwelcher Zimmer. Sie schrieb mit quietschender Kreide die Worte »Sede Apostolica Vacante« an die Tafel. Die Kinder malten die Worte in ihr Schreibheft. Dann erzählte sie, dass die Kardinäle Chorröcke ohne Spitzen trügen, was Grillo zu der dummen Frage nötigte, ob sie drunter nackt seien. Ein Requiem würde neun Tage hintereinander gelesen, eine Sonderbriefmarke gedruckt, und die Leute stünden tagelang Schlange vor dem vatikanischen Postamt. Ein hundsalter Kanonenofen werde in der Sixtinischen

Kapelle aufgestellt, wo die Stimmzettel verbrannt würden. Dann steige ein weißer Rauch aus dem Schornstein der Kapelle – meistens sei er aber doch grau –, und ein Mann mit einem majestätischen Gesicht trete nach tagelangem Warten endlich vor die Menge auf dem Petersplatz und juble: »Habemus Papam!«

Friedlich in Christo« sei der Heilige Vater Papst Silvester IV. »entschlafen«, berichtete der *Osservatore Romano* knapp. Es folgte ein in salbungsvollen Worten formulierter Lebenslauf nebst der Aufzählung aller Titel, Ämter und Würden, die das Oberhaupt der katholischen Kirche innehatte. Das Begräbnis in Sankt Peter war schlicht und schmucklos. Das italienische Fernsehen entschloss sich, da etliche Staatsoberhäupter der Zeremonie fernblieben und stattdessen ihre Ministerpräsidenten oder Botschafter entsandten, lediglich eine Zusammenfassung der Feierlichkeiten auszustrahlen.

Der Papst hatte sich überdies allen Pomp verbeten. Sein Sarg durfte nicht einmal auf einem Katafalk stehen, und also stand eine Kiste – anders kann man es nicht nennen – von handgehobelten, unverzierten Brettern auf dem Steinboden unterhalb des Hauptaltars. Der Sarg war so kurz, dass er beinahe an einen Kindersarg erinnerte. Nicht eine einzige Blume zierte ihn, nicht eine Kerze.
In der Presse kursierten Anekdoten über die letzten Wochen im Leben des Papstes. Es hieß, er habe noch vier Wochen vor seinem Tod die zweiundzwanzig Zimmer seines Appartements mit farbenfrohen Tapeten und Vorhängen ausstatten lassen. Einem Schweizergardisten zufolge – er blieb ungenannt – habe der Heilige Vater ein sehr merkwürdiges System der Aktenaufbewahrung eingeführt. Die Konvolute hätten auf dem Boden herumgelegen, nach völlig undurchschaubaren Kriterien geordnet. Er, der Gardist, sei davon überzeugt, dass der Heilige Vater an Altersschwachsinn gelitten habe.
Gestorben ist Papst Silvester IV. in seinem Bett. Gefunden hat ihn die ehrwürdige Oberin. Sie habe unverzüglich Schwester Ambra gerufen. Die beiden Frauen berichteten Widersprüchliches in Be-

zug auf den Toten. Während Schwester Gemma ein friedvolles, erlöstes, ja kindliches Antlitz gewärtigte, sei Schwester Ambra zutiefst erschrocken. Da sei ein Licht in den Augen des Heiligen Vaters gewesen. Ein seltsames, feines Licht.